언덕 위의 아줌마

언덕 위의 아줌마

초판 1쇄 발행 2024년 6월 25일

지은이 사노 요코 | **옮긴이** 엄혜숙 | **펴낸이** 오연조 | **디자인** 성미화
펴낸곳 페이퍼스토리 | **출판등록** 2010년 11월 11일 제 2010-000161호
주소 경기도 고양시 일산동구 정발산로 24 웨스턴타워1차 707호
전화 031-926-3397 | **팩스** 031-901-5122 | **이메일** book@sangsangschool.co.kr

값 19,800원
ISBN 978-89-98690-78-6 03830

SANO YOKO TOTTEOKI SAKUHINSHU
Copyright © JIROCHO, Inc. 2021
Korean Translation Copyright © Paperstory, 2024

Japanese edition published by Chikumashobo Ltd.
Korean translation rights arranged with Chikumashobo Ltd..
through The English Agency (Japan) Ltd. and Danny Hong Agency

사노 요코

언덕 위의 아줌마

엄혜숙 옮김

페이퍼스토리

차례

어린이와 어른이 함께 읽는

동화

초현실적이고 좀 이상한

짧은 이야기

1938년생 사노 요코가 그린

나의 복장 변천사

소녀시대부터 미술대학 시절, 그리고 …

에세이

어린이를 위한 전설의 연극 무대

희곡

국민 시인 다니카와 슌타로와의 연애 그리고 결혼생활

시인과의 사랑

어린이와 어른이
함께 읽는

동화

제멋대로 곰

그림 · 사노 요코

1. 아침이야, 일어나

깊은 숲속에 곰이 살고 있었습니다. 곰은 아주 이른 아침에 잠에서 깼어요. 곰은 창문을 열었습니다. 숲속은 조용합니다.

"아, 아침이다, 아침이야."

곰은 큰 소리로 말해요.

조용-.

"뭐하지?"

곰은 집 안을 이리저리 돌아다녀요. 쿵쾅쿵쾅.

곰은 멈춰 섭니다.

조용 - .

"그렇지."

곰은 쿵쾅쿵쾅 집을 나갔어요.

아직 어두컴컴한 숲속을 쿵쾅쿵쾅 걸어, 이웃인 다람쥐네 집 앞에 왔습니다. 곰은 다람쥐네 집을 들여다보고 소리쳤어요.

"아침이야, 일어나요."

다람쥐는 깜짝 놀라 눈을 떴어요.

"무슨 일이야? 곰아, 무슨 일이 있어났어?"

"별일 없어, 아침이니까 일어나."

다람쥐는 알람시계를 보고, 화를 내기 시작했습니다.

"그만둬. 지금 몇 시인 줄 알아. 아직, 한밤중이야. 이상한 녀석."

그리고 이불을 잡아당겨 올리고, 쏙 들어갔습니다.

"후, 후, 후, 다람쥐는 깨웠네. 자는 놈 깨우는 거 재미있군."

곰은 쿵쾅쿵쾅 걸어서, 생쥐네 집으로 갔습니다.

생쥐는 부인과 둘이서 손을 잡고 자고 있었습니다.

"아침이야, 아침. 일어나요."

남편 쥐는 한쪽 눈을 뜨고 창밖의 하늘빛을 쳐다봤어요.

"아직 진짜 아침이 아냐. 농담하지 마."

그렇게 말하고는, 부인을 꼭 안고 또 잠들어 버렸습니다.

"후, 후, 후. 생쥐는 깨웠어."

곰은 다시 쿵쾅쿵쾅 걸어가서 너구리네 집으로 갔어요.

너구리는 웅크리고 자고 있었어요.

"아침이야. 일어나요."

곰은 소리쳤어요. 너구리는 꿈틀하더니 꿈쩍도 하지 않고 계속
쿨쿨 잤어요.

"너구리 귀엽네. 자는 척하는구나. 후후후. 그래도 깨웠으니까."

곰은 다시 쿵쾅쿵쾅 걸어서 이번에는 토끼네 집으로 갔습니다.

토끼 가족은 12마리인가 15마리인가, 엄마도 셀 수 없을 만큼
아이가 많습니다.

곰이 토끼네 집 창문을 억지로 열자, 침대가 14개 늘어서 있고
모두가 귀를 모으고 자고 있었어요.

"아침입니다. 일어나요."

곰은 소리쳤어요. 28개의 귀가 일제히 쫑긋쫑긋 했어요.

곰은 부리나케 달리기 시작했어요.

"14마리나 일어나면, 시끄러워서 견딜 수가 없어. 난, 일어나라

고 말하고 싶을 뿐이야."

토끼네 아이들은 두리번두리번 주위를 둘러보며, 한 목소리로 "곰이 깨우러 온 꿈을 꾸었어."라고 하더니, 다시 귀를 모았습니다.

곰은 쿵쾅쿵쾅 숲속을 걸어갔습니다.

곰은 닭네 집 앞에 왔어요.

닭네 집을 들여다보려는데, 지붕 위에서 '꼬끼오' 하고 닭이 울었어요.

곰은 화들짝 놀라 뛰어올랐습니다.

"나, 널 깨우려고 했어."

곰은 닭에게 소리쳤습니다.

그러자 닭은 "쓸데없는 참견이야." 하고는, 다시 한 번 '꼬끼오' 울었어요.

곰은 아래쪽을 향해 걸으면서, 말했어요.

"후, 후, 후, 쓸데없는 참견이래."

그러고는 숲속 깊숙한 곳으로 계속 걸어갔어요.

작은 새들이 츠빗츠빗 지저귀며 나무에서 나무로 날아다녔어요.

"안녕, 좋은 아침."

새들이 곰을 향해 소리쳤어요.

"아이고, 새야. 벌써 일어났구나, 분하다. 뭐, 괜찮아."

곰은 더 깊은 숲속으로 걸어갔어요.

곰은 폭신폭신한 나무 밑에서 걸음을 멈추었어요.

곰이 위를 향해서 소리쳤습니다.

"아침이야, 일어나요."

그러자 올빼미가 낮은 목소리로 대답했어요.

"난, 계속 깨어 있었거든. 아침이 되니까, 자는 거야. 잘 자."

"이상한 놈이야, 뭐, 어때. 올빼미잖아."

곰은 계속 더 걸어갔습니다.

"어휴, 오늘은 잠이 부족하구나."

그러더니, 곰은 벌렁 드러누워 쿨쿨 잠들어 버렸어요.

해님이 높이 떴습니다.

2. 꽃은 아름다워

깊고 깊은 숲속에 곰이 살고 있었습니다.

곰은 어느 날, 눈을 뜨자마자 창문을 열고 심호흡을 했습니다.

"후후후, 날씨 좋구나."

밖에는 해님이 번쩍번쩍 빛나고 있습니다. 나뭇잎도 반짝반짝 움직이고 있어요.

"냄새 좋구나. 후후후."

곰은 헛간에서 괭이와 삽을 가져와서, 집 앞을 일구기 시작했습니다.

금방 땀에 흠뻑 젖어서 힘껏 땅을 파헤치고 있었어요.

토끼가 지나가다가 물었어요.

"뭐해?"

"밭 갈아."

곰이 대답했습니다.

"혹시 당근?"

토끼가 물었어요.

"안 돼, 안 가르쳐 줘."

곰은 괭이를 치켜들면서, 토끼 쪽은 보지 않고 대꾸합니다.

"음. 이제 점심이니까 돌아가."

토끼는 집으로 돌아갔습니다.

곰은 하루 종일 밥도 먹지 않고 밭을 만들었어요.

다음 날 곰은 씨를 뿌렸습니다.

생쥐가 와서 "뭐 심니?" 하고 물어봤어요.

"나 바빠."

곰은 생쥐를 쳐다보지 않고 대꾸했습니다.

"혹시 치즈가 될까?"

"안 돼, 안 가르쳐 줘."

생쥐는 "음." 하고 돌아갔습니다.

다음 날 곰은 밭에 물을 주었습니다.

너구리가 와서 "뭐해?" 하고 물었어요.

"보면 알겠지, 물 뿌리고 있는 거야."

곰은 너구리를 쳐다보지도 않고 대꾸했습니다.

"왜 물을 뿌려?"

너구리가 물었어요.

"안 돼, 안 가르쳐 줘. 너, 씨를 후벼 파면 머리부터 잡아먹을 거야, 후후후."

곰은 너구리에게 물을 끼얹었습니다.

너구리는 "이상한 놈."이라고 하면서 돌아갔습니다.

그러고 나서 밭에서는 싹이 트기 시작했습니다.

닭이 왔어요.

"무슨 일이 생길까?"

"시끄러워. 너, 싹을 쪼아 대면 용서하지 않을 테니까."

곰은 밭 주위에 울타리를 쳤습니다.

모두들 "곰 같은 거 내버려두자."고 하며 내버려뒀습니다.

곰은 날마다 밭에 가서 "후후후." 웃으며 푸른 잎사귀를 손질하고 있었어요.

어느 날 곰은 아침에 일어나자 "아싸!" 하고 외치고, 밭으로 뛰어갔습니다. 밭 한쪽에, 파란색, 빨간색, 분홍색, 노란색, 보라색 꽃이 일제히 피었습니다.

"후후후."

곰은 기분좋게 웃더니, 가위를 들고 와서, 싹둑싹둑 꽃을 잘랐습니다. 그리고 꽃을 전부 수레에 실었습니다.

"후후후, 토끼는 깜짝 놀랄 거야."

곰은 아직 자고 있는 토끼네 집 앞에 빨간 꽃을 놓았습니다.

그러고 나서 곰은 노란 꽃을 생쥐네 집 앞에 놓았습니다.

"아름답구나, 정말 고마워."

생쥐는 꽃을 보고 말했습니다.

"후후후."

곰은 분홍 꽃을 안더니 너구리 집 문을 똑똑 두드리고, "꽃은 아름다워." 하고 말하며, 눈 비비고 있는 너구리에게 덥석 그 꽃을 안겨주었어요.

"아름답구나."

너구리가 말했지요.

그다음에 곰은 닭네 집으로 갔습니다.

그리고 파란 꽃으로 화환을 만들어 닭의 목에 걸어 주었습니다.

닭은 "어쩐지 임금님 같아."라고 말하며, "꼬끼오 – " 하고 울었어요.

곰은 부엉이가 있는 나무 아래로 와서, "보라색 꽃을 줄게."라고 외쳤지요.

부엉이는 "나 잘래. 게다가 난 꽃에 취미가 없어."라고 말하면서 눈을 꼭 감아 버렸어요.

곰은 보라색 꽃을 가지고 돌아와 집에다 장식했어요.

"후후후, 꽃은 아름다워. 다들 기뻐했어. 부엉이는 좋은 놈이야, 나한테 꽃을 건네줘서."

그러더니, 곰은 언제까지나 가만히 보라색 꽃을 바라보고 있었습니다.

3. 안 돼

어느 곳에 숲이 있었어요.

깊은 숲속에는 곰 한 마리가 살고 있었습니다.

어느 날, 곰은 아침에 일어나, 창문을 열고, 입을 크게 벌리고,
"아~아~아~" 하고 크게 숨을 몰아쉬었습니다.

"오늘도 날씨가 어떨까?"

그러고 나서 곰은, "어제도 날씨가 좋았어."라고 말했습니다. 그
리고 집 안을 빙빙 돌면서 생각했어요.

"그저께도, 그끄저께도, 그그끄저께도 날씨가 좋았어."

곰은 부엌에 가서 큰 빵 두 개와 꿀단지 하나와 도넛 열두 개를
바구니에 넣어 도시락을 만들었습니다. 그리고 삽과 밧줄과 손전
등과 칼을 몸에 지녔습니다. 그리고 도시락 바구니를 들고 집을
나섰습니다.

생쥐네 집에 갔더니 생쥐는 빨래를 널고 있었습니다. 그리고 곰
을 보자, 이렇게 말했어요.

"아, 마침 잘 왔어, 너, 더 높은 곳에, 이 셔츠를 널어 줘."

"안 돼."

곰은 생쥐의 부탁을 거절하고 생쥐네 집에서 나와 바쁘게 걸어 갔습니다.

곰은 토끼네 집 앞까지 왔어요. 토끼 가족이 정원에서 큰 소동을 벌이고 있었어요. 아기 토끼가 빽빽한 나무덤불에서 나올 수 없게 되어 끽끽 울고 있었습니다.

"아, 마침 잘 왔어. 곰아, 얘 좀 꺼내 줘."

엄마 토끼가 말했어요. 곰은 나무덤불 주위를 한 바퀴 돌더니 "안 돼," 하고는, 그 자리에 주저앉아 도넛을 먹기 시작했습니다.

아빠 토끼는 "굴을 파서 땅 위로 기어 나와." 하고 말했어요. 아기 토끼는 끽끽끽 울면서, 굴을 파고 새까맣게 흙투성이가 되어서 울면서 나왔습니다.

토끼 가족은 흙투성이가 된 아기 토끼를 껴안고 한 줄로 나란히 서서 곰을 노려보았습니다. 곰은 도넛 여섯 개를 먹더니 "아, 재미없었어."라며 서둘러 걷기 시작했습니다.

너구리네 집에 왔는데, 항상 자는 척하고 있던 너구리가 보이지 않았어요. 곰은 "자는 척하지 않으면 안 되잖아."라며 너구리를 찾으러 갔습니다.

점점 숲속 깊이 너구리를 찾으러 갔습니다. 그러자 커다란 굴 안에서 "도와줘 –"라고 작디작은 너구리의 소리가 들렸습니다.

곰이 굴을 들여다보니, 너구리가 깊은 굴 속 새까만 바닥에 떨어져 울고 있는 것이었습니다.

곰은 "기다려."라고 말하고, 삽으로 땅을 파서 구멍을 더 크게 만들었어요. 그리고 손전등으로 굴 안쪽을 비추었습니다. 너구리는 꼬리가 덫에 걸려 울고 있었습니다.

"좋아."

곰은 밧줄을 큰 나무에 묶고 밧줄을 타고 스르르 내려오더니 칼로 덫을 잘라 너구리를 구출했어요.

"곰아, 고마워."

너구리가 말했습니다. 너구리는, "나, 너무 지쳤어. 피곤하니까 자는 척하러 집에 갈게."

너구리는 그렇게 말하고 돌아갔습니다.

곰은 "나, 운이 좋구나. 가져온 도구, 전부 썼어. 후후후."라고 말했습니다. 그리고 굴 옆에서 남은 도시락을 전부 먹고, 집으로 돌아갔습니다.

(출처를 알 수 없음)

지금이나 내일이나 아까나 옛날이나

그림 · 아미나카 이주루

후미코와 아빠는 산책을 갔습니다. 바람이 불고 나뭇잎이 반짝
반짝 빛나 흔들리고 있었지요. 후미코는 나뭇잎을 보면서 말했습
니다.

"아빠, 바람은 보이지 않지만, 보이네."

"그렇구나, 후미코는 정말이지 시인이구나."

"시인이 뭐야?"

"시를 짓는 사람이야."

"시가 뭐야?"

아빠는 좀 우물쭈물했어요.

"으음, 뭐랄까, 보이지 않는 것을 말로 하는 사람이랄까."

"흐음."

"아이는 모두 시인이야."

"왜?"

"으음, 왜 그럴까, 후미코는 정말이지 철학자로구나."

"철학자가 뭐야?"

"으음, 왜 그럴까에 대해 늘 생각하는 사람이야."

"아빠도 철학자야?"

"하 하 하, 아빠는 바빠서, 철학할 틈이 없어."

"그럼, 한가한 사람이 철학자가 되는 거네. 철학자는 부자네."

"부자가 아니어도 철학하는 사람은 있어."

"일도 안 하고?"

"그게 일이야."

"후미코, 보통 사람이 되렴. 철학자가 되면, 가난해져."

"으응."

아빠는 입을 다물고 말았어요.

나뭇잎이 또 반짝반짝 빛났습니다.

"아, 또 바람이 불어오네."

두 사람은 나무 아래에 와 있었어요.

후미코는 손을 벌렸어요.

나뭇잎 사이로 햇빛이 쏟아지고, 빛의 구슬이 후미코의 손바닥에서 이리저리 움직이고 있었지요.

후미코는 빛의 구슬이 움직이는 쪽으로 손을 움직이며, "아하, 하, 아하, 하, 재미있어, 자, 봐." 하면서 아빠를 보았어요.

"아빠, 이상해, 얼룩덜룩 점투성이야, 봐봐, 표범 같아."

"너도 얼룩덜룩 점투성이야."

후미코는 서둘러 아빠의 손을 잡고 그네 쪽으로 달려갔어요.

아빠는 햇빛 속에서 원래 모습으로 돌아왔어요.

"아, 다행이다. 고쳐지지 않을 줄 알았어. 난 싫어. 있잖아, 타쿠는 말이야, 머리에 땜빵이 세 개나 있어. 난 손이나 발이나 얼굴 같은 게 벗겨지면 싫거든. 아까 아빠, 대머리 같았어. 이제, 나무 아래에 있지 마요."

아빠는 벤치에 앉아 담배를 피우고 있어요. 후미코는 그네에 올라타서, 힘껏 그네뛰기를 하고 있어요. 그네뛰기를 하면, 후미코의 스커트가 봉긋봉긋 부풀어 올라요. 앞으로 뒤로 부풀어 올라요.

"아빠. 자, 자, 바람이 생겨났어. 봐봐, 봐봐."

"조심해."

아빠는 후미코를 보지 않고, 먼 곳을 바라보고 있어요.

"봐봐, 봐봐."

"알았어."

아빠는 잠시 후미코를 보다가, 다시 먼 곳을 바라보며 담배 연기를 내뿜었어요.

"자, 돌아가자, 엄마가 기다릴 테니까."

"응, 돌아가요."

두 사람은 손을 잡고 집 쪽으로 향했습니다.

"아빠, 산책은 즐겁네."

"그런가."

"다음에, 언제 산책해?"

"언젠가."

"언젠가가, 언제야?"

"또, 다음에."

"다음에라니?"

"다음번에."

"다음번이랑 언젠가가 똑같아?"

"다르지만 똑같아."

아빠는 약간 화난 것 같은 목소리로 말했어요. 후미코는 아빠의 얼굴을 보고 입을 다물고 말았습니다.

두 사람은 아무 말 없이 집으로 돌아왔습니다.

점심은 오믈렛이었습니다.

"와, 와, 오믈렛이다."

후미코는 노란색 폭신폭신한 오믈렛을 보고 방긋방긋 기분이 좋아졌어요.

"케첩. 케첩."

후미코는 케첩을 노란색 오믈렛에 뿌렸습니다.

"어머, 어머, 그렇게 뿌리면 오믈렛 맛이 안 나."

엄마가 말했어요.

"너는 오믈렛을 좋아하는 게 아니라 케첩을 좋아하는구나."

아빠가 말했습니다.

"응. 오믈렛도 좋고 케첩도 좋아."

"소스."

아빠가 말했어요.

아빠는 오믈렛에 소스를 뿌렸어요.

"그렇게 소스로 흠뻑 적시지 말아요."

엄마는 아무것도 끼얹지 않고 먹고 있어요.

"저기요, 오믈렛, 달걀이지?"

후미코가 물었습니다.

"그래."

엄마는 샐러드를 와삭와삭 먹으면서 말했어요.

"저어, 같은 달걀인데, 삶은 달걀이랑 맛이 전혀 달라, 왜 그래?"

"섞었으니까."

"왜 섞으면, 맛이 달라져?"

"왜기는? 거기에 후추나 소금을 넣으니까 맛이 달라지는 거야."

엄마는 귀찮은 듯이 조금 화난 듯이 말했습니다.

후미코는 잠자코 오믈렛을 먹었어요.

후미코는 반쯤 남아 있는 오믈렛을 보면서 말했습니다.

"저기, 삶은 달걀에 소금과 후추를 묻혀도 맛이 같지가 않지?"

"그러니까, 섞으니까."

"왜?"

엄마는 아무 말도 하지 않았습니다. 후미코는 남은 오믈렛을 먹

었습니다.

다 먹고 나서 후미코는 엄마 얼굴을 보며, "왜, 섞으면 다른 맛이 나?"라고 한 번 더 물었습니다.

저녁 식사 후, 후미코는 그림책을 보고 있어요. 아빠와 엄마는 텔레비전을 보고 있어요.

광고를 보면서 엄마가 "어머나, 지금은 정말 뭐든지 있네, 옛날에는 생각할 수가 없었어."라고 말했어요.

후미코는 엄마를 보고 "옛날이면" 하고 물었어요.

"엄마가 어렸을 때"라고 말했지요.

"흐음, 옛날이면 엄마가 어렸을 때야?"라고 말하고, "저기, 옛날, 옛날은 언제부터야?" 하고 물었습니다.

"더 옛날이야."

"그런가, 옛날 옛날에 어느 곳에 왕과 왕비님이 살고 있었습니다. 이건 백설공주에요."

아빠는 텔레비전을 껐어요.

"옛날에, 엄마도 할머니가 읽어 주었어."

엄마가 말했어요.

"그때는, '옛날에'가 한 개였어?"

"헉!"

엄마는 후미코의 얼굴을 쳐다보았습니다.

"하하하."

아빠가 웃기 시작했어요.

"옛날, 옛날은 쭉 '옛날 옛날에'였어."

"왜?"

후미코가 물었어요.

"원래 그런거야. 여러 옛날이 있는 거야, 먼 옛날도 있고 가까운 옛날도 있어."

"그럼, 어제도 옛날이야?"

"어제는 옛날이 아니야. 하지만 후미코가 어른이 되면, 지금은 옛날이 될 거야."

"왜, 왜 그런데?"

둘 다 입을 다물고 있었어요.

"후미코가 아기였을 때, 옛날이야?"

"어머, 어제 일 같은데."

엄마가 후미코를 꼬옥 껴안았어요.

"이렇게 작고, 손발톱이 요만해서, 후미코가 귀여웠어. 손톱은 분홍색으로 투명해 보이고, 발바닥도 이렇게 부드러워서, 볼 같은 건 정말 폭신폭신해서, 자, 먹어버릴 테다."

엄마는 후미코의 볼을 꿀꺽 먹는 시늉을 했어요. 후미코는 깔깔거리며 도망쳤습니다.

"나. 이제 아기 아니야."

후미코는 그렇게 말하고 나서 또 물었어요.

"저, 나 왜 큰 거야?"

"밥 많이 먹으니까."

"엄마도 많이 먹는데, 왜 안 커져?"

"어른이니까."

"어른은 왜 안 커져?"

아빠가 말했어요.

"크지는 않지만, 시간이 지나면서, 한 살 한 살 더 나이 먹는 거야."

"그럼, 시간이 보여?"

"시간은 안 보여."

"안 보이는데 있는 거야?"

"있다고 할까, 지금이 겹쳐지면서 시간이 되는 거란다."

"저, 지금이라면, 지금 할 때의 지금?"

"그래, 지금 할 때의 지금."

"하지만 지금은 사실 없는 셈이지, 지금이라고 하면, 이미 지금이 아니니까, 지금은 없어."

후미코는 갑자기 두리번거리기 시작했어요.

"자, 지금."

그리고 텔레비전 쪽을 보고, "자, 지금" 하고 엄마를 보고, "지금" 하고 아빠를 보고, "자, 지금"이라고 했어요.

그리고 꺄―악 하고 머리를 부들부들 떨기 시작했어요.

아빠가 깜짝 놀라 '후미코'라고 말하며, 후미코의 어깨를 감싸 안았습니다.

"꺄악, 꺄악."

후미코는 계속 "지금, 지금, 지금"이라고 말하며, 머리를 부르르 떨었습니다.

"지금 같은 것은, 사실은 없는 거야."

후미코가 자고 있어요. 푹 자고 있어요.

"후미코, 후미코."

후미코는 멀리서 누군가 부르고 있는 것 같은 생각이 들었어요.

"후미코, 후미코."

좀 더 가까이에서 불렀어요.

"뭐야?"

후미코는 눈을 떴습니다.

"후미코."

후미코의 침대 옆에 투명하고 반짝반짝 빛나는 긴 드레스를 입은 여자가 서 있었어요.

"누구세요?"

후미코가 물었어요.

"모르겠어? 나야."

후미코는 가만히 여자를 바라보았습니다.

어두운 후미코의 방 안에서 여자만 희미하게 반짝반짝 빛나요.

"예뻐요."

후미코는 반짝반짝 빛나는 여자의 드레스를 살짝 만졌어요. 드레스는 차갑고 하늘하늘했어요.

"후, 후, 후. 예쁘지?"

여자는 웃었습니다. 웃자, 여자는 화 – 악 더 밝아졌어요.

"목소리가 엄마를 닮았어."

후미코는 여자를 보면서 말했습니다.

"그렇기는 하지만, 그렇지가 않아."

여자는 노래하듯이 말했습니다.

"나, 후미코 엄마가 싫어져서 그만뒀어."

여자는 말했습니다.

"왜?"

"그런데, 후미코, '왜' '왜'라고 자꾸 묻는 거야. 벌써 피곤해. 엄마라는 건 힘들어. 그래서 옛날의 나로 돌아간 거야. 나, 애 같은 거 없어. 그러니까 나를 엄마라고 부르지 마."

여자는 그렇게 말하고 빙그르르 한 바퀴 돌았습니다. 긴 치마는 살랑살랑 빛나며 흔들렸어요.

"나를 마유미라고 불러 줘."

"알았어요."

후미코는 말했지요.

"후미코, 즐거운 일만 하자. 같이, 좋은 데 가자."

"좋은 데?"

"좋은 데."

"하지만, 나, 잠옷이니까, 외출할 수 없어요."

"뭐 입고 싶어?"

후미코는 마유미 씨를 보고 말했어요.

"마유미 씨와 같은 옷이 있으면 좋겠어요."

"뭐야, 자, 봐요."

후미코는 침대에서 일어나 손을 펴고 자신을 살펴봤어요. 후미코는 마유미 씨와 같은 투명하고 반짝반짝 빛이 나는 긴 드레스를 입고 있었어요. 마유미 씨와 같은 은색 신발도 신고 있었지요.

"마유미 씨, 언제 이 드레스 가져왔어요?"

"언제 같은 거 없어, 시간 같은 거 없어. 시간이 없으면 멋지다니까. 난 절대 나이 먹지 않아."

"나도?"

"그래, 멋질 거야."

후미코는 멋진 기분이 되었습니다.

"나, 그림책 속의 천사 같아요?"

후미코는 빙글빙글 돌아보았습니다.

"하, 하, 하, 봐요."

마유미 씨는 말했어요. 후미코는 등이 간질간질 가려운 것 같아서 뒤를 돌아보았어요. 새하얀 날개가 천천히 움직이고 있어요.

"나, 진짜 천사가 되었네."

"그럼, 멋져요."

둘러보니 주변은, 온갖 꽃들이 피어 있는 들판이었어요. 들판 저편에, 투명한 푸른 나무가 은빛을 뿌린 것처럼 반짝반짝 빛나고 있어요. 꽃 냄새가 작은 알갱이가 되어 출렁출렁 흐르고 있어요.

실로폰을 멀리서 두드리는 것처럼 아름다운 소리가 들려와요. 들판의 꽃 가운데 개울이 흐르는 소리였어요.

"여기는 어디예요?"

"어디도 없어, 여기도 없어."

"저기는요?"

후미코가 들판 저편의 푸른 나무 쪽을 가리켰어요.

"저기도 없는 거야."

마유미 씨가 말했어요.

두 사람은 푸른 나무 밑에 있었어요.

푸른 나무는 유리처럼 투명하고, 깊은 물색의 나뭇잎이 살랑살랑 흔들리고 있었어요. 푸른 나무 저편에 마찬가지로 푸른 나무가 늘어서 있고, 저 멀리는 연보라색 숲이었습니다.

"이봐, 저기도 여기도 없어, 시간도 없고, 장소도 없어."

마유미 씨는 예쁜 목소리로 노래 부르듯이 말했어요.

"새 같은 것도 있을까?"

후미코는 생각했습니다. 후미코 앞에 새하얀 공작새가 두 날개를 천천히 펴고 서 있었어요.

굉장해, 사자 같은 것도 있을까.

후미코는 붉은 석양에 물든 초원에 서 있었어요. 은색 갈기를 날리는 어떤 사자가 후미코 옆에 앉아, 멀리 바라보고 있었지요.

은색 갈기는 보드라운 저녁 햇살을 받아 오렌지색으로 빛나고 있어요.

마유미 씨가 사자 옆에 누워 저녁 해를 바라보고 있어요. 사자는 마유미 씨의 얼굴을 천천히 핥기 시작했습니다.

"그만해. 간지러워."

마유미 씨는 웃으면서, 사자의 갈기 안에 손을 집어넣어 은색 갈기를 잡고 있어요.

"좋겠다. 나도 사자와 놀고 싶다."

후미코는 생각했어요.

후미코는 사자 등에 올라타서 석양에 물든 초원을 천천히 나아갑니다. 마유미 씨가 사자 옆을, 풀 한 가닥을 뽑아 입에 물고 걷고 있어요.

후미코는 사자의 푹신푹신한 갈기를 잡고 있어요.

"하, 하, 기분 좋아, 마유미 씨, 마유미 씨도 타고 싶어요?"

"별로."

마유미 씨는 천천히 걸으면서 풀을 한 가닥 더 뽑아 잎을 훅 불고 있어요.

언제까지나 이러고 싶다고 후미코는 생각해요. 그때, 후미코는 언제까지나 언제까지나 사자의 등에서 흔들리고 있다는 것을 알았어요. 마유미 씨는 후후후 풀을 불고 있습니다. 사자가 걸으면, 사자의 등이 흔들흔들 흔들립니다.

어쩐지 졸렸어요. 같은 곳을 사자는 계속 걷고 있어요. *끄덕끄덕* 후미코는 앉은 채로 졸고 있어요. 가끔 눈을 뜨면 사자는 석양에 물든 초원을, 아까와 같은 곳을 걷고 있습니다. 언제까지나 언제까지나 같은 곳을 계속 걸어가면서 마유미 씨는 풀을 후후 불어 대고 있습니다. 후미코는 재미가 없어졌어요.

"어쩐지 지루해요."

후미코는 후후 풀을 계속 불고 있는 마유미 씨에게 말해요.

"그래?"

"마유미 씨는요?

"별로."

마유미 씨는 풀을 계속 불고 있어요.

또 후미코는 꾸벅꾸벅 졸기 시작해요.

가끔 눈을 뜨고 주위를 둘러봅니다. 사자는 석양의 초원에서 아까와 같은 곳을 계속 걷고, 마유미 씨는 후후 하고 풀을 불고 있습니다.

"어딘가에서 좀 쉬어요."

"어딘가 따위는 없다고 말했을 텐데……."

마유미 씨는 풀을 후후 불면서 후미코에게 말했어요.

후미코와 마유미 씨는 해변에 있습니다. 푸른 바다가 끝없이 계속 이어져 눈이 아플 정도예요. 철썩철썩 파도가 밀려와서 하얀 레이스처럼 너울너울 움직이고 있어요.

둥글고 하얀 물거품이 레이스 구멍처럼 튀어나와 여러 가지 모양이 되고, 사라졌다가 나타나고, 사라졌다가 나타났어요.

마유미 씨는 두 무릎을 세우고 두 손으로 모래를 떠서 주르르 떨어뜨리고 있어요.

"나, 아직 날개가 돋아 있어요?"

후미코는 마유미 씨에게 물어봤습니다.

"돋아 있어."

마유미 씨는 모래를 뜨면서 말해요.

후미코는 등 쪽을 돌아보았어요. 천천히 흰 날개가 움직이고 있었어요.

"나, 계속 그대로 천사인 거예요?"

후미코가 물었어요.

"후미코가 그러고 싶다면."

마유미 씨는 모래를 찰랑찰랑 손가락 사이로 떨어뜨리고 있어요.

"내가 천사인 채로라면, 마유미 씨는 마유미 씨인 채로?"

"그래."

"쭈-욱?"

"쭈-욱이라니, 시간은 없어, 지금이 있을 뿐이야."

후미코는 손을 펴서 자신의 손을 바라봐요.

"이 손도 쭉 커지지 않는 거예요?"

"어쩔 수 없어."

후미코는 가만히 손을 펴서 두 손을 보았습니다.

"후미코, 나랑 같이 있으면 재미없니?"

마유미 씨는 모래를 계속 퍼내며 말했어요.

"모르겠어요."

"바보네."

"모르겠어요."

"나는 지금 이대로가 좋아, 왜냐하면 걱정이 전혀 없거든."

"걱정이요?"

"걱정은 걱정이야."

"내가 왜냐고 물어봐서?"

"글쎄, 그것도 있지. 그리고 여러 가지 걱정이 있는 것도 싫어."

후미코는 자리에서 일어나 파도가 치는 곳까지 가서 작은 은색 구두를 벗고 하얀 물거품 속에 섰습니다.

"후미코, 구두 벗으면 안 돼."

마유미 씨는 모래를 뜨면서 말했어요.

"간지럽고 기분이 좋아요."

후미코는 거품 속을 걸어갔어요.

"후미코, 구두 벗으면 안 돼."

후미코는 맨발인 채 은색 구두를 매달고 마유미 씨에게 돌아왔어요.

"왜, 구두 벗으면 안 돼요?"

"왜, 왜라고 말하지 마. 말해도 소용없어."

"왜요?"

마유미 씨는 무서운 얼굴로 후미코를 노려보았습니다.

"왜, 왜냐고 묻는다면, 너 혼자라도 돌아가."

"어디로요?"

"그래, 어디든가, 거기든가, 여기든가가 있는 곳이야."

"언제, 지금?"

"그래, 지금이라든가, 내일이라든가, 아까라든가, 옛날이라든가, 언제라든가, 이번이 있는 곳이야."

"마유미 씨는요?"

"난 돌아가지 않을 거야, 계속 편안하게 지내고 싶어."

"어떻게 하면 돌아갈 수 있어요?"

"신발을 돌려주고, 그 날개를 부러뜨려 버려."

후미코는 반짝반짝 빛나는 작은 신발을 보았어요. 진짜 귀엽고 예뻐요.

"저기로 돌아가면, 다시는 그 신발을 신을 수 없다니까."

후미코는 이렇게 예쁘고 귀여운 신발을 돌려주는 건 아깝다고 생각해요.

마유미 씨는 히죽 웃었어요.

"자, 후미코는 그 신발을 좋아하네."

마유미 씨는 앉은 채 자신의 다리를 뻗어서 높이 들었어요.

푸른 바닷속에 어렴풋이 마유미 씨의 은색 구두가 쏙 튀어나와 보입니다.

"언제까지 있어도, 갓 사용한 새 신이야. 예뻐서, 전혀 질리지 않아."

후미코는 마유미 씨 옆에 앉았어요.

은색 구두를 자기 앞에 늘어놓았어요.

마유미 씨는 발을 내리고 두 다리를 모았어요. 반짝반짝 빛나는 은색 구두가 줄지어 있어요.

"나, 어쩐지 외로워요."

후미코는 말했어요.

"구두를 벗어서 그래."

마유미 씨는 말했어요.

"그런 것 같아요. 구두를 벗었더니 외로워졌어요."

"빨리 신으면 돼."

마유미 씨는 조심스럽게 말해요.

"자, 빨리 신으세요."

후미코는 가만히 작은 귀여운 은색 구두를 봐요.

"나, 신지 않아요."

마유미 씨는 무서운 얼굴을 했어요.

"날개를 꺾어도 좋아?"

마유미 씨는 무서운 얼굴을 하고 있어요.

"그냥 보통 여자애가 되어도 돼? 학교 가면, 왕따로 괴롭힘을 당할 수도 있어. 크면, 아기 낳는 거야. 아프다니까. 그 구두 신으면, 아픈 일 따위는 아무 일도 일어나지 않아."

"아프면 참을래요."

"바보구나."

"바보라도 좋아요."

"정말 바보야, 그 아기가 후미코 정도 되면, 매일 백 번씩 왜 그러냐고 묻는 거야."

"물어도 좋아요."

"지친다니까."

"지쳐도 좋아요."

마유미 씨는 고개를 흔들었어요.

"이제는 어쩔 수 없네."

"어쩔 수 없어도 좋아요."

후미코는 울고 있었어요.

"이봐, 왜 울고 그래. 구두를 신으면, 울 일이 하나도 없을 텐데."

"나, 울고 싶을 때 울래요."

"알았다, 알았어."

마유미 씨는 어쩔 수 없다는 듯이 말했어요.

그리고 한동안 계속 먼 바다를 바라보았지요.

"후미코, 나 좋아해?"

마유미 씨는 후미코에게 물었어요.

"모르겠어요, 하지만 엄마는 좋아요."

"그래."

마유미 씨는 조용히 대답했어요.

"후미코, 날개 접어 줄게, 이리 와."

후미코는 마유미 씨 곁에 섰습니다.

마유미 씨는 후미코의 어깨에 손을 얹고 가만히 후미코의 얼굴을 바라보았어요.

"난 말이야, 후미코가 너무 좋아."

그렇게 말하고 후미코를 꼭 껴안았습니다.

마유미 씨는 꽃냄새로 가득했습니다.

그리고 마유미 씨는 후미코의 뺨에 자신의 뺨을 대었어요.

"후미코, 안녕."

그렇게 말하고, 마유미 씨는 후미코의 날개를 뜯었어요.

두 개의 날개가 모래 위로 떨어졌어요.

"마유미 씨, 안녕히 가세요."

후미코는 작은 소리로 말했습니다.

침대 옆에 엄마가 서 있었어요. 아침 햇살이 초록빛 커튼을 뚫고 후미코의 방에 비치고 있었습니다.

엄마는 걱정스러운 듯 후미코의 이마에 손을 얹고 있었어요.

"엄마?"

후미코는 '엄마'하고 소리 내어 불렀어요.

엄마는 후미코를 보며 웃고 있었어요.

"좀처럼 일어나지 않아서 걱정했어."

"왜요?"

"왜냐하면, 벌써 9시 반이니까."

후미코는 엄마의 목에 손을 얹고 "일으켜 줘."라고 말했어요.

"어머, 아기 같다. 영차."

엄마는 후미코를 일으키면서 침대에 앉았어요.

"하, 하, 하."

둘이서 웃었어요.

"저기, 엄마, 옛날에 마유미 씨였어요?"

"어머, 아직도 엄마는 마유미 씨야."

"아니, 옛날의 마유미 씨."

"옛날의 마유미 씨, 그래, 옛날의 마유미 씨도 있었어. 엄마, 옛날에 예뻤단다."

"알아요."

"어머, 왜?"

"엄마도 왜냐고 묻네."

"어머, 그러네, 왜?"

"뭐든지. 있잖아, 엄마, 내가 왜냐고 물어보면 싫어?"

"하지만 어쩔 수 없어, 어린애인 걸, 왜, 왜냐고 물으면서 크는 거야."

"그런데 가끔 화를 내잖아?"

"왜냐하면 귀찮을 때도 있어. 게다가 어려워서 모를 때도 있거든."

"음, 어른도 모르는 게 있어?"

"그럼, 모르는 것 투성이야."

후미코는 잠옷을 벗고 청바지와 티셔츠를 입으면서 말했어요.

"나, 은색 구두 안 신어."

엄마는 듣지 못한 것 같았어요.

"엄마, 나 아빠랑 산책할 때, 운동화만 신어도 돼?"

"왜?"

엄마는 후미코의 잠옷을 개며 듣고 있어요.

(『신죠우 현대동화관 1』 신죠우문고 · 소장 1992년 1월)

"선생님, 오줌."

그림 · 사와노 히토시

선생님은 오늘 또 새 옷을 입고 왔다. 목 부분에 흰색 레이스가 달려 있고, 레이스는 삼각형 톱니 모양으로 삐죽삐죽하고, 삐죽삐죽한 것 하나하나에 삼각형 구멍이 뚫려 있다. 삼각형 작은 구멍으로 선생님 목의 맨살이 보인다. 나도 레이스가 달린 옷을 입고, 목의 맨살이 삼각형으로 보이면 좋겠다.

하지만 선생님은 곧바로 칠판에 사과 그림을 그리기 시작했다. 뒤를 향해 있으면 선생님 옷의 레이스는 머리카락에 가려 보이지 않게 되고, 그냥 평범한 흰 옷이 되기 때문에 전혀 재미가 없다. 선생님은 사과를 세 개 그리고, 조금 떨어진 곳에 동그라미를 그리고, 안에 점을 많이 찍었다.

"이것은 귤이에요."

선생님은 돌아서서 말했다.

귤인가? 선생님이 귤 속에 점 점 점 점 하고 찍으면, 분필 가루가 글씨 쓸 때보다 훨씬 많이 떨어졌다.

나도 점 점 점 점 하며 칠판 같은 데 분필로 그려보고 싶다.

선생님은 귤을 다섯 개 그리고, 이쪽을 보며 "자, 얘들아."라고 말했는데, 나는 얼른 "네, 여덟 개예요."라고 손을 들면서 큰 소리로 말했다. 선생님은 나를 노려보며 "끝까지 들으세요." 하고 말했다. 모두들 힐끗 나를 보았기 때문에, 나는 매우 부끄러워졌고, 그 뒤로 쭉 고개를 숙이고 있었다.

선생님은 반 친구들에게 "하나, 둘, 셋, 넷" 하고 합창하게 하고, '여 – 덟'이라고 말하게 했다. 역시 '여덟'이 아닐까 생각했지만, 모두 함께 합창하는 것은 아직 부끄러웠기 때문에, 나는 계속 고개를 숙이고 있었다.

"그리고 옆집 아줌마가 또 사과 네 개를 가져왔어. 토오루, 여기 와서 사과 네 개 그려 줘."

토오루는 곧장 달려가서 엄청 큰 동그라미 네 개를 그렸다. 다들 깔깔 웃었다. 나도 조금 웃었다. 웃으니까 창피한 게 사라졌다. 그리고 선생님은 '올라가기'(덧셈에서, 두 수의 합이 10을 넘어갈 경우 "하나 올라간다"라고 말할 때 쓰는 말)라고 썼고, 숫자를 세로로 쓰고 덧셈 기호 플러스(+)와 가로줄을 그었다. 다들 열둘이나 열여섯이라고 대답했다.

미치코가 이름이 불려서 선 채로, 가만히 입을 다물고 있었다. 미치코는 이름이 불려도 항상 가만히 입을 다물고 있다. 친구들과 놀 때도 가만히 입을 다물고 있다.

"자아, 앉아."

선생님은 그렇게 말하고 기요시를 가리켰다. 기요시는 "열다섯"이라고 의기양양하게 대답했다. 미치코는 평소와 같은 얼굴로 가만히 앉아 있었다. 나는 아직 조금 부끄러웠기 때문에, 답을 알아도 손을 들 수 없기 때문에, 아무것도 할 게 없어서 지루해 견딜 수가 없었다. 그랬더니, 의자에 앉아 있는 게 갑자기 답답하고 답답해서 어쩔 수가 없어, 몸이 아픈 것 같았다. 생각지도 않았는데 내 손이 제멋대로 올라가서 "선생님, 오줌."이라고 천연덕스럽게 말했다. 선생님은 나를 물끄러미 바라보며 "다녀오세요."라고 말했다.

복도에 나왔더니, 몸이 노글노글해졌다. 갑자기 몸이 편해져서, 무작정 기쁜 기분이 되었다. 복도는 조용하고, 아무도 없었다. 아무도 없는 복도 같은 건, 처음 봤다. 전혀 학교 같지 않았다. 나는 어쩐지 특별한 기분이 들어, 변소에 갔다. 변소에 가도 오줌을 싸고 싶지 않았기 때문에, 나는 가장자리부터 변소 문을 하나씩 만지고, 빙빙 변소를 돌다가 변소를 나와, 또 복도로 나와, 벽에 붙어 있는 습자 종이라든가 그림이라든가를 천천히 보며 걸었다. 아무도 없는 복도에 습자로 쓴 '빛' 글자를 보니, 처음 보는 것처럼 특별해 보였다.

국어시간에 나는 또, 몸이 갑자기 답답해졌다. 나는, 복도로 나가 몸을 노글노글 편하게 하고 싶어졌다. 내 손이 갑자기 올라가서, "선생님, 오줌."이라고 말했다. 그러자 미치코도 작은 소리로 "오줌."이라고 말하면서 손을 들었다. 나는 미치코가 항상 "응."이라고밖에 말하지 않는데, "오줌."이라고 한 게 조금 놀라웠다.

둘이서 변소에 가려고 일어서는데, 선생님이 "여기로 오세요." 라고 하셨다. 둘이서 선생님 옆으로 갔더니 선생님은 "서 있어요." 라고 했다. 모두 히죽히죽 대며 우리를 보고 있었다. 너무나 부끄러웠다. 이 정도면 재미없어도 앉아 있는 편이 훨씬 나았다. 나는 어떤 얼굴을 해야 할지 전혀 몰라서, 처음에는 진지한 얼굴로 서 있었지만 피곤해졌다. 정신을 차려보니 히죽히죽 웃고 있는 것이었다. 그랬더니 옆에서 "훌쩍훌쩍" 소리가 났다. 미치코가 울고 있었다. 선 채로 울고 있었다. 나는 금방 알았다. 미치코는 정말 오줌을 누고 싶었던 거다. 내가 손들기를 기다리고 있었던 거다. 아래를 보니, 역시 오줌이 위쪽에서 흘러내리고 있었다.

"선생님, 미치코."라고 나는 큰 소리로 말했다. 선생님은 쉰 목소리로 〈봄〉이라는 시를 읽고 있는 중이었다. 그리고는 기겁을 하고 와서 "어머, 머, 머, 머."라며 미치코 앞에 쭈그리고 앉아, 자꾸 흐르는 오줌을 보고 있었다.

나는 신발장 앞에서 미치코를 기다리고 있었다. 미치코는 젖은 팬티를 비닐봉지에 넣고 손에 들고 가만히 아무 말도 하지 않고 자신의 신발을 꺼내고 있었다.

"미치코, 내 흉내 내면 안 돼." 하고 나는 미치코에게 말했다. 미치코는 "응."이라고 말했다. "미치코, 미안해."라고 나는 말했다. 미치코는 "응."이라고 말했다.

미치코는 따라한 게 아닌데, 선생님은 어째서 몰랐을까. 미치코는 진짜 오줌이 누고 싶었는데. 나하고 미치코는 다른데.

그래도 나는 다시 한 번 미치코에게 말했다.

"내 흉내 내면 안 돼. 미안해."

"응."

미치코가 말했다. 그리고 두 사람 모두 계속 아무 말도 하지 않고 길을 걸어갔다.

(출처를 알 수 없음)

할머니의 안경

그림 · 사와노 히토시

조그만 거리의 조그만 길가에, 할머니가 살고 있었어요. 할머니는 매일 아침 안뜰을 마주한 작은 창문 안에 앉아 계셨어요. 너무나 조용한 할머니는 액자 속의 그림 같았어요.

안뜰에 공을 가지러 온 여자아이는 "당신은 태어날 때부터 할머니죠."라고 말했습니다.

할머니는 가만히 여자아이를 보고 있었어요.

여자아이는 또 다른 여자아이에게 말했어요.

"이 할머니는 심술궂어 보여."

"상냥할지도 몰라."

또 다른 여자아이는 말했지요.

밤이 되자, 작은 창문은 덧문이 내려지고, 작은 집은 눈을 꼭 감고 잠든 것처럼 보였어요.

집 안에서 할머니는 할아버지의 사진을 보면서, 말해요.

"나는 태어났을 때부터 할머니였을까? 나는 태어날 때부터 할머니가 아니었다고."

할머니는 옷장 서랍을 열었습니다.

낡은 안경이 많이 들어 있었어요. 할머니는 의자에 엎드려서 안경을 하나씩 정성스럽게 닦기 시작했어요.

깨끗해진 안경을 전등에 비춰보고, 할머니는 잠깐 직접 써 보았어요.

뿌예서 아무것도 보이지 않았어요.

갑자기 눈앞에 작은 뜰이 보이기 시작했어요.

할머니 집의 뜰이에요.

뜰에 한 여자아이가 등을 돌리고 민들레를 뜯고 있는 게 보였어요.

그 여자애는 갑자기 누군가가 부른 것처럼 이쪽을 돌아봤어요.

"어머, 저건 나네."

여자아이는 일어나더니 갑자기 쓰러져서 울기 시작했어요.

"처음 만났을 때, 할아버지는 나를 밀어 넘어뜨렸어."

그때 안경은 뿌예져서 아무것도 보이지 않게 되었습니다.

할머니는 서둘러 그 다음 안경을 썼어요.

공원 벤치에 젊은 여자가 앉아 있었어요.

챙이 넓은 밀짚모자에 장밋빛 리본이 달려 있었어요.

"저건 분명히 내 모자야. 그러니까, 나야. 나는, 내 뒷모습을 처음 봐. 할아버지는 항상 좋아할 때에 내 뒷모습을 보고 있었구나."

젊은 여자는 이쪽을 돌아보며 손을 팔랑팔랑 흔들었어요.

"내가 웃고 있네. 나는 내가 웃고 있는 것을 처음 봤어. 저렇게 귀여우니까, 할아버지는 나를 좋아하지 않을 수 없었구나."

(출처를 알 수 없음)

할머니와 여자아이

그림 · 사와노 히토시

석양에 불타오르는 초원이었어요.

크고 새빨간 저녁 해가 지려고 해요.

하늘도 빨갛고, 보이는 지평선도 빨갛고, 그리고 근처 풀들이 금빛으로 빛나고 있어요. 그리고 지평선에 일렬로 선 수많은 기린이 붉은 그림자가 되어 천천히 천천히 걸어갑니다.

바람이 불어, 슬렁슬렁 흔들렸어요. 거기에 흰 모자를 쓴 반바지 차림의 여자아이가 서 있어요.

여자아이는 총을 가지고 있습니다. 그리고 천천히 걸어가는 기린을 향해 총을 겨누었습니다.

"타~앙."

큰 소리가 나고, 기린의 그림자가 하나 쓰러졌어요.

기린은 우왕좌왕 한데 모이거나 뿔뿔이 흩어져서 쏜살같이 달려갔고, 붉은 지평선은 한 줄이 되고 말았어요.

여자아이가 뒤돌아보며 웃었어요.

여자아이는 할머니였어요. 여자아이였을 때의 할머니였어요.

"그만해 주세요."

할머니가 외쳤어요.

붉은 초원은 사라지고, 검은 고양이가 금빛 눈을 반짝이며 서 있었어요.

"나는 저런 걸 바란 적이 없어."

"아니요, 할머니, 당신은 뜨개질을 하면서 늘 생각했어요. 석양에 물든 아프리카의 많은 기린을 보고 싶어 했죠. 좀 더 젊었으면 갈 수 있었을 텐데 라면서."

"그래, 생각하고 있었지. 하지만 단지 그것뿐이야."

"그리고 정말 당신이 젊고, 정말 바라는 대로 아프리카에 있다면, 당신은 총으로 쏘고 싶었을 거예요."

할머니는 훌쩍훌쩍 울기 시작했습니다.

(출처를 알 수 없음)

놀자

그림 · 이이노 카즈요시

나는 학교에서는 얏짱을 모르는 척하고 있었다. 얏짱은 나보다 공부를 못하고, 항상 선생님에게 꾸중을 듣고, 갈색 얼굴을 검붉게 하고 서 있곤 했다. 게다가 가끔 희푸른 콧물을 소매로 쓱 옆으로 닦기도 하고, 콧구멍에서부터 이어져 제대로 마르지 않은 콧물 자국 같은 게 묻어 있었다.

얏짱의 집은 우리 집 옆이라서, 가방을 현관 전실에 던지고, 그대로 우리 집에 와서 "놀자."며 나를 부르러 온다.

얏짱과 나는 둑에 올라가 거기 있는 건 뭐든지 가지고 놀았다. '스윗코키'라는, 줄기가 약간 붉고 시큼한 풀이 있으면 바로 뽑아

앞니로 콕콕 씹어 먹었다. 호장근 줄기도 꺾어 먹었다. 끈처럼 구불구불 뻗어 있는 칡 덩굴을 힘껏 잡아당겨 잎사귀를 떨어뜨리고, 운동화 위에서 허벅지까지 X자 모양으로 칭칭 둘러 감은 뒤 "이건 해적의 구두다."라며 팔자걸음으로 걸었다.

등나무 덩굴 시렁에 콩꼬투리가 열리면, 기어올라가 가늘고 긴 콩꼬투리를 칼처럼 들고 전쟁놀이를 했다. 나는 얏짱이 보고 있지 않을 때 콩꼬투리를 팬티 속에 감추고, 얏짱이 등을 돌리고 있을 때, 등이나 머리에, 뾰족한 쪽을 던졌다. 얏짱은 "더러워."라고 하면서, 얼굴이 붉으락푸르락 달아올라 나에게 달려들었다.

끝이 치마처럼 펼쳐지고 작은 종 모양의 흰 꽃이 있는 것을 발견하면, 뜯어서 침을 발라 콧대에 붙였다. 점점 더 많이 뜯어서 얼굴에 찰싹 붙였다. 하얀 종기가 난 도깨비처럼 되었다.

얏짱과 나에게는 어떤 것이라도 도움이 되었다. 풀이나 꽃을, '예쁘구나' 하고, 손도 대지 않고 그냥 보고 지나치는 일은 없었다.

그 얏짱이 손도 대지 않고 멀리서 넋을 잃고 보고 있는 것이 있었다.

마사코였다. 마사코는 희고 큰 갈색 눈을 하고, 항상 반들반들한, 다림질이 된 레이스 달린 옷을 입고 있었다.

가끔 교실에서 얏짱은 멍하니 마사코를 보고 있었다. 너무나 예쁜 꽃을 보는 것처럼. 옆에 따라다니는 건, 생각지도 못한 것처럼.

(출처를 알 수 없음)

초현실적이고,
좀 이상한

짧은 이야기

돈

"분해. 그 남자, 나를 속인 거야. 어제 편지가 왔는데, 회사 그만두었대. 나, 걱정돼서 만나러 갔어."

"만나러 가서 어쩔 작정이었는데?"

"내가 할 수 있는 일이 있으면 도와주고 싶었어."

"하지만 이혼했으니, 상관없잖아."

"어머, 나는, 사람이 그러는 게 아니라고 생각해. 그 사람을 가장 잘 아는 사람은 나라고 생각하고, 나에게만은 진심을 말했다고 생각했어."

"글쎄, 나는, 그 사람, 너에게 가장 도움 받고 싶지 않다고 생각하는데. 그래서."

"와앙, 와앙, 그래서, 헉, 아, 나, 가장 보고 싶지 않은 것, 이것만은 보고 싶지 않은 걸 보게 된 거야."

"뭔데?"

"아, 말할 수 없어, 으음……."

"어떻게 된 거야?"

"그 사람, 결혼했어, 여자가 나왔어."

"에이, 거짓말."

"그 사람이 뭐라고 말했는지 알아? 나 혼자 죽을 작정이라고, 결혼 같은 건 농담으로도 생각하지 않는다고, 이혼할 때 한 말이야. 그게, 더 놀라워. 여자가 있잖아, 당신 누구냐고 하는 거야. 나 사사키라고 했더니, 자기도 사사키라고 했어."

"어ᅳ."

"1월에 혼인신고를 했대. 나하고 이혼한 게 12월이야."

"어쩔 수 없지, 이미 몇 년 동안 같이 살지도 않았는데."

"집 안은 어쩐지 핑크핑크하고, 문패가 스누피야, 이불 같은 걸 말리더라고."

"어떻게 했어?"

"실례합니다 하면서, 들어갔어."

"그러고 나서."

"차를 달라고 했더니, 네네. 하더라고."

"그래서?"

"차 마셨어. 어째서 그 남자가 결혼한다고 말하지 않았을까 생각했어. 비겁하잖아. 나, 할 수 있는 건 다 할 거야."

"어떻게 하려고?"

"돈이야, 내가 돈 가질래."

"돈이 없는 게 아니잖아."

"위자료야."

"저어, 네가 말이야, 청렴결백하고 그 남자 한 사람에게 진심을 바쳤다면 위자료일지도 모르지만, 너 벌써 6년이나 다른 남자가 있었잖아. 치사한 거 아냐?"

"그렇게 말할 줄 알았어. 하하하, 너한테 들켰으니까."

"나한테 들키지 않아도, 네가 가장 잘 알잖아."

"그렇긴 한데, 몰라도 됐잖아."

"너, 그런 점이 이상해."

"이상해, 난 내 안에서는 전혀 이상하지 않아, 그 남자만은 여자

없이 살았으면 좋겠어."

"하지만, 너 미움 받은 여자야."

"그것만은 말하지 마."

"현실을 받아들이는 수밖에 없잖아."

"그것은 생각하지 않으려고 하고 있어."

"너, 온 세상 사람들이 각자 행복해야 한다고 생각하면."

"그게 싫은 거야, 저어, 다음에 저쪽 두 사람도 끼워서 대화하고 싶은데, 너 와 줄래?"

"무슨 대화?"

"돈이야, 돈."

"나, 어쩌지?"

"내 편이 되어 줘, 저쪽 여자, 말을 아주 잘 알아듣는 것 같았거든."

"저어, 만약, 저쪽 여자가, 어서 말하라고 하면 넌 완패야."

"이미 승부는 정해졌으니까, 이제 와서 질 것도 없지."

"그러니까, 더군다나 저쪽이 우위를 점하게 하면 안 돼지. 너의 긍지라는 게 있을 텐데. 그 긍지를 돈으로 팔아넘길 건 없잖아."

"괜찮아, 긍지보다 돈이야. 그것밖에 없잖아. 너 데리고 가는 게 안 좋은데, 돈 따위 필요 없다고 말할 것 같으니까."

"말할게."

"하지만 그쪽 여자는 보고 싶지 않아."

"보고 싶네."

"그 남자, 그 여자한테, 네가 혼자 늙어가는 걸 내버려 둘 수 없다고 했대."

"그렇구나."

"말했지, 나 때랑 똑같다고. 그리고 대형 보험에 들었대. 그것도 나 때랑 똑같다고. 저어, 사람은 왜 똑같은 일밖에 하지 못하는 거야. 20년이 지나면 조금은 진보해야지. 똑같은 수법으로 여자가 걸리니까 불가사의해."

"그럴 리가."

"더 분한 건 말이야, 그 여자한테, 당신 클래식 음악 좋아하냐고 물었더니, 별로래. 그 남자, 취미가 같은 게 절대적 조건이라고 했어. 그 남자의 플루트에 내가 피아노를 함께 칠 수 있어서 멋지다고 해서 우리는 결혼했어. 그랬는데, 이번에는 취미는 서로 독자적으로 갖는 편이 좋다고 했대. 저어, 그런 게 말이야, 분해."

"20년 만에 발전한 건가?"

"그런 식으로 발전할 건 없어. 어째서 나한테 불리한 방향으로만 발전하는 거야?"

"하지만 당신을 위해서 좋은 거 아니야, 언제까지나 헤어진 아내가 아내 얼굴 할 일 없잖아."

"당연하지, 이제 얼굴도 보고 싶지 않아."

"다행이잖아, 새 인생을 활기차게 살 수 있겠어. 깔끔하네."

"이상해, 외출하기 전에는 편지 글씨에 기운이 없다고 걱정했는데, 돌아오니까 글씨도 보고 싶지 않아서, 바로 집어서 버렸어."

"응ー"

"이제 나, 그 남자밖에 없어."

"어느 쪽 남자"

"이쪽 남자로 정해져 있잖아. 이쪽 남자에게만 열중할게."

"아ー아ー, 멋대로 해."

"하지만 돈은 챙길 거야."

"돈이란 게 없잖아?"

"땅이 있어. 푼돈이라고 해서 그런 줄 알았는데, 조사해 보니 2백만 엔에 산 게 1천만 엔이 된 거야. 그것도 거짓말한 거였어. 분해."

"너, 무슨 명목으로 그것을 받겠다는 거야, 이혼했는데."

"그러니까 변호사한테는 부탁할 수 없으니까, 너한테 부탁하는 거야."

"분하다고 하는데 뭐가 분해? 너, 그 남자보다 월급 많이 받잖아. 네가 더 부자일 텐데."

"그 사람들이 행복한 게 싫어. 나, 나보다 남이 행복한 건 싫어."

"돈이 없어도 행복하다고 하면 더 싫지 않아."

"저, 그러네, 어떡하지?"

"그러니까, 이제 돈은 포기해."

"싫어, 절대 싫어, 돈은 챙길 거야."

(처음 발표된 곳을 알 수 없음)

18년이 지났다

18년 전 우리는 같은 그릇 속에서 뒤죽박죽 섞여 있는 아무도 아닌 그저 물질일 뿐이었는데, 이 사람은 그때부터 뜻[志]이라는 게 뚜렷하게 있었던 것이다.

그릇에서 밖으로 나갈 때도 나는 그저 멍하니, 가까운 것만 들고 세상에 나왔다.

"18년이 지났다니 거짓말 같다. 조금도 달라진 게 없네."

그녀는 고개를 갸웃하고 부드러운 눈으로 웃고 있다. 까맣게 아이라인을 넣어 동그란 눈을 한층 커 보이게 한 눈을 다정하게 여기는 건 나뿐일지도 모른다. 그녀는 긴 손톱을 거베라 꽃잎처럼 적시고, 하얀 손을 맞잡고 있다. 그 손으로 남자들을 붙잡아, 갈기 갈기 찢는 여자로 여겨지지만, 그녀는 내 앞에서는 언제나 조금 쓸쓸하고 상냥한 사람이었다.

약간 쉰 맑은 목소리 때문인지도 모른다.

"미도리 씨 예뻐. 늘 예뻐."

나는 그녀에게 빨려 들어간 것 같은 소리를 내고 말았다.

"왜냐하면 여배우니까. 상품인 걸."

"아니, 여배우가 아니어도 예뻐. 옛날부터 예뻐."

"그래? 믿을게."

"믿으면서."

"뭐 그렇지,"

둘이서 웃었다. 웃고 나서 그녀는 나를 물끄러미 바라보며 두툼한 입술을 살짝 들어 올려 입을 벌렸다.

"나는 말이야, 나한테 어울리는 것만 골라서 살아왔어. 나, 진짜 아니면 싫어. 진짜라도 작으면 싫어. 나, 시간에 맞추기 위해서라면 없어도 좋아. 그렇게 생각하면 그렇지. 열여덟인 나는 루비 반지가 어울렸지만, 지금의 나에게 작은 루비는 더 이상 어울리지 않는다는 것을 잘 알아. 그러니까, 봐."

그녀는 하얀 목과 가슴이 이어지는 곳에 걸려 있는 커다란 다이아 방울을 조금 앞으로 밀어냈다.

"굉장해."

"굉장하지. 있잖아, 남자는 돈 들인 만큼의 사랑을 주는 거야. 나, 추억을 전부 보석으로 만들어 버렸어."

"졸업할 때부터 그렇게 생각했어?"

"물론, 나, 순도를 낮춰 보통 컵 같은 거 되지 않고, 크리스털 브랜디 글라스가 되겠다고 마음먹었어."

이봐, 그녀는 갑자기 들고 있던 숟가락으로 나를 쳤다. 나는 '찡'하는 정직한 소리를 낸다.

"이 소리는요, 물만 넣는 유리 소리."

나는 그녀의 이마를 손톱으로 튕겼다. 어디까지나 맑고 떨리는 소리가 울린다. 그녀의 웃음소리…… 가만히 귀를 기울인다. 고급 브랜디밖에 못 담는데, 왜 이렇게 외로운 소리야, 깨끗한 소리가 왜 그렇게 서글퍼. 나는 우유를 담고, 주스를 담고, 보리차를 담는다. 나를 수돗물로 가득 채우고, 숙취한 남편에게 단숨에 먹인다. 열이 있는 아이에게 찬물을 조금씩 끼얹는다. 보석에 대한 추억은 없다. 나는 내 스스로를 손톱으로 튕겨본다. 찡. 내 소리에 귀를 기울인다. 소리가 이윽고 사라질 때, 내 소리도 쓸쓸하다.

"건배."

우리는 이마를 맞대고 웃었다.

(처음 발표된 곳 알 수 없음)

잎사귀 아래

"음, 그런 거야. 머리 염색하는 애들, 원래 어쩔 수 없는 애들이야. 나쁜 건 나쁘다, 이걸 가르치는 게 교육이니까. 아니, 그런 거야. 딱 부모님이 말을 못해. 겁먹어서 부모가 안 돼. 으음, 그런 거야. 나 뭐야, 이제 확 날려줄게. 그렇게 되면 나는 할게. 아니, 그런 거야. 하하하하, 아니 오늘은 내가. 아니 제발, 하하하하."

옆의 남자들은 의자를 덜컹거리며 일어섰다. 전표를 움켜쥔 남자의 엉덩이는 팽팽하게 당긴 채 흔들리고 바지 밑에서 바깥쪽으로 벌린 검은 가죽 구두가 보인다. 다리를 바깥쪽으로 벌리고 걷는 거 어디서 배우는 걸까? 저 남자, 열다섯 살 때 구두, 어느 방면을 향해 걸어갔을까?

"너, 행복한 사람들이라고 부르고 있구나."

"음, 그런 거야."

X부인은 커피 잔을 숟가락으로 힘차게 저으며 남자들의 뒷모습을 보고 웃었다.

"내가 딱 한 번 말해 보고 싶어. 할멈, 커피 좀 가져와. 네네네. 늦네, 굼벵이 할멈. 네네네. 너, 나, 겁먹지 않았을 때의 나, 완전히 잊어버렸어. 그런 내가 나오면, 어디의 누구세요? 하고 말할거야."

"음, 그런 거지."

우리가 씩씩하게 웃었기 때문에, 맞은편에 앉은 커플이 중년 여자는 싫구나 하는 눈빛으로 가만히 보고 있었다.

"쟤네들, 풀코스 먹고 있어. 누구 돈으로 먹고 있을까? 신기하네."

나는 투덜투덜 말한다.

"저어, 꽃집 안 가. 백합, 백 송이쯤 심는 거야, 히말라야 삼나무 밑에. 하얀 백합이 백 송이 피었으면 좋겠다고 생각하지 않아. 포플러 나무 세 그루 심었어. 현관 앞. 그 애가 말이야, 할멈이라고 할 때마다 나, 지갑 들고 정원사에게 가. 아무 생각 없이 휘적휘적 가. 우리 집 아름답기 때문에, 포플러 나무 아래 온통 금영화가 피어 있어. 나, 벌레를 잡아. 아무 생각도 하지 않고. 그러면, 어딘가의 중노파가 화들짝 놀라 걸음을 멈춰, 얼마나 예쁜지. 이렇게 꽃이 많이 피어서, 항상 댁 앞에 오면 어떤 행복한 사람이 살고 있을까 생각하곤 했어요, 놀라서. 나 깜짝 놀랐어. 몰랐던 건 말이야, 그 애가 신용카드를 꺼낸 것 같은 건가. 아버지 어깨에 시퍼런 멍이 들어 있는 것 같은 건가. 보통 사람한테는 말이야. 내가, 머리가 텅텅 비어서 잎사귀 벌레 잡는 건가. 정신 차리고 보니 동백잎 쓰다듬고 있는 거야. 그래서 말이야, 뭐 포플러 초록이 바람에 흔들리니 예쁘다며 쳐다보는 거야. 나도 봤어. 예쁜 거야. 하얀 벽에 잎사귀가 살짝 흔들리고, 그러면 말이야, 2층 창문으로 보이는 거야. 저 애의 노란 머리카락, 자르르 흔들리는 포플러 사이로. 중노파한테는 안 보였구나, 저 애의 노란 머리. 행복한 분들 보면 나도 행복해요. 고마웠어요. 나는 입을 딱 벌리고 있었어. 왜 그랬는지 모르겠어. 나 괜히 잎사귀 달린 거 갖고 싶더라."

(「트램벨」, 1988년 8월호)

불쌍해

그림 · 사노 요코

"있잖아, 있잖아, 저, 그 일 말인데."

나는 한숨 돌리고, 겨우 말했다.

"빨간 정장, 빌려준 빨간 정장 말인데, 다 사용했으면 돌려받고 싶어."

벌써 백 번이나 천 번이나 말하려고 생각하고, 열 번인가 열두 번은 전화를 만지작거리고, 세 번 수화기를 들고, "잘 지내니?" 하고 세 번이나 말하고, 전혀 다른 말을 했다.

"아, 그거, 그거, 나 안 입었어. 왜냐하면 단추가 좀 컸거든. 금색이 아니었으면 좋았을 텐데."

속에서 부글부글 화가 치밀었다.

그때 이 사람은, "저어, 저어, 제발, 이 옷 좀 빌려 줘. 고맙게 입을게."라며 손을 모으고, 눈을 깜박이며, "나한테 어울리는 거"라며, 은근히 내가 키 작고 못생긴 걸 알아차리게 했다. 나는 아직 한 번도 안 입은 옷인데.

"나, 요즘 들어, 새 옷을 줄곧 사지 않았어. 저어, 불쌍하지?"

마스카라가 너무 두껍다, 파운데이션이 너무 진하다, 주름이 깊어 보인다, 라고 나도 생각했다.

"똑같은 걸 입고 갈 수 없잖아. 마미가 불쌍해."

"어, 난 학부모회 같은 데 청바지 입고 갔는데."

"당신이라면 괜찮아."

나라면 왜 괜찮아.

내 옷이니까 이에는 이로 힘내서 내가 내 몸을 지키자고 생각했다.

"마음에 안 들어 아쉽네. 오늘, 나 하루종일 집에 있으니까, 언제든 좋으니까 갖고 와."

그렇게 단숨에 말하고 숨을 들이마셨다. 땀으로 수화기가 끈적끈적하다.

"어머, 오늘은 안 돼. 마미가 승마학교 가는 날이야. 데려다 줘야 해."

"그래, 그럼 돌아가는 길에 들러. 관리인에게 맡겨도 돼."

나는 수화기를 왼손으로 바꿔 들었다.

"당신, 뭐야. 나한테 시비 걸려는 거야? 고작 정장 한 벌 때문에 우정을 깨뜨리려는 거야?"

"그러니까, 내가 입고 싶은 거야. 내일 그 옷을 입고 싶다고."

"당신, 따로 다 있잖아. 갈색 원피스, 얼마 전에 새 거 샀잖아. 좋아, 당신은 원할 때 원하는 옷을 살 수 있지만 난 아무것도 살 수 없어."

"있잖아, 나는 매일 7시 30분에 나와서, 러시아워의 전차를 타고 회사에 갔다가, 다시 몹시 시달리고, 돌아오는 길에 슈퍼마켓에 들러서, 그 다음에 밥을 차려주고, 고로를 외롭게 하면서 일하고 있어."

"고로라면 좋아. 하지만 나는 일할 수 없어. 마미가 불쌍하고, 승마학교도 돈이 많이 들어. 당신, 이상한 거 아니야. 알잖아, 나 벤츠 샀어. 내가 돈이 없는데. 그 대출 갚느라 힘든 거 알잖아."

"그래, 그럼 알았어. 한가할 때 가져와."

"끈질기네. 당신, 내가 불쌍한 거 몰라. 국산 중고차 타는 사람은 모르겠지만."

전화가 끊어졌다. 나는 지그시, 찬찬히 수화기를 바라보았다. 구멍이 뚫려 있는 곳에 미세한 물방울이 점점이 맺혀 있었다.

(「IBM USERS」, 연도를 알 수 없음)

보자기

그림 · 사노 요코

"내가 보자기였을 때," 하고 보자기가 말했다.

"아, 맞아 맞아, 잊고 있었어."

쥐는 쪼르르 벽 구멍을 통해 밖으로 나갔다.

"내가 보자기였을 때,"라고, 보자기는 말했다.

받침대가 찢어진 등나무 의자는 네 다리 의자와 마주 보고, 미국 대통령 선거에 대해 쉬지 않고 열심히 논하고 있었다.

네 다리 의자에게는 보자기 소리가 잘 들린다.

"내가 보자기였을 때,"라고 다시 보자기는 말했다.

"역시 이혼 경험자라는 게 불리해요. 하지만 수 씨도 오히려 어느 쪽인가 하면⋯⋯."

"내가 보자기였을 때,"

"무슨 소리야, 지금도 보자기예요. 훌륭한 보자기지. 그래서 수 씨는 차라리 부통령 지명을 기다려야 해."

"아니, 난 지금 보자기라고 말할 수 없어. 예전에 보자기였을 때의 일이야."

"알았어. 알았어. 수 씨는, 리버럴한 층에 대해서는⋯⋯."

"내가 보자기라고 하는 것은⋯⋯."

여자 의자는 쇳소리를 냈다.

"알았어요. 몇 번이나 똑같은 말을 해요. 아침부터 계속. 조금은 입 다물면 좋겠어. 말도 쉽게 못하면서. 늙은이답게 굴면 어때요?"

"나는 사실 대통령 같은 거 아무래도 상관없어. 이 골방 안이 한 시간이라도 조용하다면 누구와도 말을 하지 않고 생각하고 싶어."

"내가 보자기⋯⋯."

"나가야겠어. 건널목 옆의 고물상이 우리를 세트로 원해. 나쁜 곳이라고 불평할 수는 없어. 이 할아범의 목소리가 들리지 않는 곳이라면 어디든 좋아."

네 다리 의자는 덜컹덜컹 발소리를 내며 먼지를 일으키며 골방을 나갔다. 열려 있는 골방 문으로 가을 햇살이 비스듬히 띠가 되어 들어왔다. 빛의 띠 속을 가루 같은 먼지가 소리 없이 계속 쏟아져 내렸다.

찢어진 거미줄이 흔들렸지만 거미는 없었다. 사흘 전에 골방 밖에 집을 짓기 시작했기 때문이다. 거기까지는 보자기 소리가 들리지 않았다.

벽시계는 이미 죽었다. 죽을 때 골방 안이 뛰어오를 정도로 소리를 내며 죽었다. 태엽이 망가진 것이다. 벽시계는 갑자기 단호하게 죽었다.

"남자다운 죽음이 아닌가."라고 의자의 한 다리가 말했다.

보자기 속 센다이히라의 하카마는 천천히 죽어갔다. 언제 죽었는지 아무도 몰랐다. 조용히 죽었다. 정신을 차렸더니 죽었다.

"품위 있게 죽는 법이지. 가정 교육을 받은 거네."

여자 의자는 의식대로 울었다.

"내가 보자기였을 때"라고 보자기가 말했다.

울던 여자 의자는 "어이가 없네, 당신한테는 정이란 게 없어요?"라고 울먹이며 보자기를 비난했다.

도대체 그게 언제 일이었을까. 아까였을까. 3년쯤 지난 일이었을까. 보자기는 의자들이 나간 골방 입구를 보며 멍하니 생각했다.

눈부신 햇빛 속의 먼지처럼 내 머리는 흐릿하다. 언제나 머릿속에는 종잡을 수 없는 먼지가 흩날리고 있다.

아무도 없게 된 걸까. 누군가 있는 것 같기도 하고 없는 것 같기도 하다.

"내가 보자기였을 때" 하고 보자기는 말해 보았다.

골방 안은 조용했다. 골방 입구에 개가 서 있었다. 언제부터 있었을까. 방금 온 것일까. 3년 전부터 있었던 것일까.

개는 금색을 두른 보라색 개로 보인다. 개는 골방 안으로 들어와 마루를 돌아다녔다. 어두운 골방 안의 개는 새하얗다. 새하얀 기슈 개였다.

개는 보자기 옆까지 오자 코를 보자기에 밀어 넣고 킁킁 하고 냄새를 맡았다. 개는 몇 번이고 킁, 킁 보자기를 물고는 보자기 위에 올라 빙글빙글 돌았다. 그리고 동그랗게 웅크리고 잠이 들었다.

보자기는 놀랐다. 놀랍게도 스스로 놀랐다.

"나, 깜짝 놀랐어. 저번에 깜짝 놀란 게 언제였을까."

보자기는 저번에 언제 놀랐는지 기억이 나지 않았다.

죽은 센다이히라의 하카마와 개 사이에서 보자기는 가만히 있었다. 보자기는 자신이 따뜻해지는 것을 알았다. 보자기는 개와 딱 달라붙은 채 개의 호흡과 마찬가지로 희미하게 위아래로 움직였다. 보자기는 가만히 있었다. 가만히 있으면 개의 혈액이 콸콸 전해져 왔다.

"내 밑에 죽은 센다이히라의 하카마가 있어."

보자기는 생각했다. 죽은 놈은 이렇게 차가운 건가?

개의 입에서 개 냄새가 나기 시작했다. 그 냄새와 함께 미지근하고 희미한 바람이 보자기에 몰아쳤다. 냄새가 얼마나 좋은지. 이 비린내를 맡으면 뭔가 먹고 싶어진다. 배고픈 것 같아. 개 냄새는 점점 뜸뜸 것처럼 더워진다. 개 몸 안의 피가 콸콸 소리를 내며 듬

성듬성 돋아난 흰 털끝 구석구석까지 피가 달려가는 것이다.

"어 – 어 – 어 –"라고 보자기는 신음했다. 나냐, 개냐. 내가 보자기였을 때조차도 이런 것을 싸 본 적이 없었다.

"어 – 어 – 어 –"

보자기는 몸이 풀리면서 녹아가는 것 같았다.

"어 – 어 – 어 –"

보자기는 녹았다.

녹아 몸이 풀린 보자기는 둥글게 웅크린 개를 꽁꽁 싸매고 있었다.

센다이히라의 하카마처럼 죽어 차가워지기 전에 나는 이 개의 심장과 함께 어딘가로 가야지. 이 숨 막히는 듯한, 뭔가 먹고 싶어지는 냄새가 나의 냄새가 되도록.

하얀 개를 묶은 보자기는 골방을 나와 복도를 지나 현관을 열고 밖으로 나갔다.

보자기 안에서 흰 개는 둥글게 말린 채 개 모양으로 몸부림치고 있었다.

"얌전히 있어. 그냥 가만히 있어. 가만히 있어도 너는 살아 있는 거야. 안심해. 알겠어. 네 냄새가 뭔지 알겠어. 갓 지은 주먹밥 냄새다. 알겠어, 너는 한 알 한 알 반짝반짝 빛나는 뜨거운 주먹밥이야. 흰쌀 주먹밥 냄새야."

보자기는 들판에 가자, 천천히 앉았다. 그리고 살짝 개를 풀었다. 개는 동그랗게 된 채 물끄러미 보자기를 바라본다. 흰 털 한 올 한 올이 은빛으로 반짝이고 있었다.

보자기는 자신의 네 모서리를 꼬물꼬물 움직여 흰 개를 쓰다듬었다.

"좋아, 냄새가 너무 좋아. 속이 상할 만큼. 좋은 냄새야."

흰 개는 동그랗게 몸을 만 채 들판에 가만히 웅크리고 있었다.

보자기는 들판 한가운데서 무수한 주먹밥을 만들었다. 그리고 하나씩 개의 몸을 감싸 흰 개의 냄새를 주먹밥에 뿌렸다.

"오– 오– 하나님, 제발 드세요. 저랑 흰 개의 주먹밥을 드세요. 드셨다면, 부디 저와 흰 개를 하느님께 데리고 가세요."

의자들은 어두워지고 나서 덜컹덜컹 돌아왔다.

"말도 안 되는 고물상이었어. 그런 데서 가게 문 여닫는 노릇을 할 바에야 허름한 보자기의 헛소리가 훨씬 낫지."

"어처구니없는 하이킹이었군."

"제발 제 주먹밥 좀 드세요."

의자들은 죽은 센다이히라의 하카마를 싸고 있는 보자기를 보고 얼굴을 마주보았다.

"뭐라고 그러는 거야?"

"못 들었어."

"할아범, 말해 봐."

"내가 보자기였을 때, 겠지."

"할아범."

"…제발, 내 주먹밥 밥……."

"어라?"

"죽었네."

의자들은 오랫동안 물끄러미 보자기를 보고 있었다.

보자기는 한쪽을 단단히 흰 개 앞발에 묶고 밝은 들판을 천천히 올라갔다.

어두운 골방 안에서 의자들은 물끄러미 보자기를 보고 있었다.

(『도서신문』, 1988년 1월 1일)

내 자유

그림 · 사노 요코

"뭐하는 거야?"

나는 멈춰 서 있는 그를 돌아보며 말했다.

왜 이런 데서 우물쭈물하고 있는 거야. 화장실이라도 가고 싶은데, 부끄러워서 점원에게 장소를 물을 수 없는 것일까.

나는 그가 있는 곳으로 돌아와 "빨리, 시간이 없어."라고 다시한 번 말했다.

그는 마네킹이 입고 있는 벨벳 드레스를 물끄러미 보고 있는것이다.

확실히 멋진 드레스였다. 프린세스 라인으로 어깨에 주름이 잔뜩 잡힌 소매가 달렸고, 색깔은 짙은 연지색이다. 약간 서 있는 옷 깃에 구슬이 품위 있게 꿰어져 있다.

이런 옷은 누가 입을까? 그리고 어울리는 여자가 있을까. 내가 소매를 잡아당겨도 그는 물끄러미 노려보듯 그 드레스를 보고 있다. 그리고 목에 매달려 있는 가격표에 손을 얹고 물끄러미 노려보는 것이다.

도대체 뭐야. 나도 가격표를 들여다봤다.

일만 이천 엔? 비교적 싼 거네.

농담이 아니라 십이만 엔이었다.

십이만 엔이라는 것을 알고, 나는 그 벨벳 드레스를 살짝 만져보았다.

부드럽고 따뜻하고 매끈매끈한 느낌도 든다. 아ㅡ, 나도 죽을 때까지 이런 거 걸치고 싶다. 고개를 아래로 돌렸을 때 턱에 이런 매끄럽고 부드럽게 애무하는 듯한 감촉이 있다면 그것만으로도 행복해질지 모른다. 남편이 매일 술 마시고 놀다가 첫새벽에 귀가해도 말이다.

누가 그러더라. 마음의 상처는 돈이 고친다고.

우습다는 생각에 내가 그 드레스 앞을 떠나 걷기 시작했을 때는 그도 내 앞을 걷고 있었다. 양손을 바지 주머니에 넣고 가만히 발밑을 보고 있다. 뭔가 살기 같은 것이 등이나 엉덩이에서부터 어깨를 흔들기 때문에, 실로 고집스럽게 파도처럼 밀려온다.

뭐야. 지금 갑자기 생각났는데, 은둔게이로, 여장하고 싶은 소망이 있는 걸까?

"피곤하니까 차 마시자."

나는 뒤에서 말을 걸었다. 그는 돌아서서 힐긋 나를 노려보며 말했다.

"급하다고 말하지 않았어."

"급하기는 해도, 피곤해."

우리는 중2층 커피숍에 들어가서 나는 커피를, 그는 초콜릿 선데이를 주문했다.

"혼잡하니까 피곤해."

내가 말했다. 대답 같은 건 없다.

그는 긴 숟가락으로 갈색 아이스크림을 떠서 핥고 있다.

남자 주제에 단 걸 좋아한다니까.

나는 애써, 애써 아무렇지 않게 물었다.

"왜 저 빨간 옷을 보고 있었어?"

"내 자유잖아, 뭘 봤든."

나는 울컥했다. 그리고 머릿속에
스페슘 광선이 작렬했다.

"너, 설마."

나는 테이블 끝을 힘껏 잡고 있었다.

"뭐가 설마?"

"저런 거, 저렇게 비싼 걸."

"내 돈이야, 뭐에 써도 내 자유잖아,
내 저축이잖아."

"하지만 그건 너의 소중하고 소중한
저금이잖아."

"그게 어째서?"

"할머니 세뱃돈도, 아버지 세뱃돈도 몇 년이나 모았잖아, 이제
어떻게 할 거야?"

"코로코로 코믹도 프라모델도 드라퀘도 더 이상 사지 않을 거
야, 무슨 불만이라도 있어?"

"살 거야?"

"살 거야, 반드시 그 애한테 잘 어울리고 그 애가 좋아할 거야."

"하지만 메구미, 아직 열 살이야."

"나도 6학년이야."

아들의 다리가 의자에서 조금 떠서 발끝이 흔들거린다.

(「IBM USERS」, 발표 연도를 알 수 없음)

1938년생
사노 요코가 그린

나의 복장 변천사

3살(1941년)

베이징에 있었다. 별로 귀엽지는 않았지만, 아버지는 내 옷이나 구두를 엄청 사 가지고 왔다. 나는 케이프 입는 것을 좋아해서, 어디에 외출했는지 기억나지는 않지만, 해질녘 케이프의 끈을 만지작거리며 들떠 있었고, 온갖 모자를 써 보거나 했다. 오빠는 세일러 칼라의 옷을 입고, 역시 모자를 쓰고 있었다. 어머니는 벨벳 중국옷을 입고, 여우 얼굴과 발이 늘어져 있는 목도리를 하고 높은 하이힐을 신었다. 하이힐을 신으면 반드시 발이 아픈데도, 반드시 하이힐을 신어서 아버지는 기분이 나빠졌지만. 아버지는 엄마가 중국옷을 입기를 바랬다. 그렇게 멋을 부리고 어디에 갔던 걸까. 베이징의 겨울은 추워서 솜바지를 입고, 솜이 들어간 수제 신발을 신고 있었다. 바지는 엉덩이 부분에 천이 겹쳐 있어, 쭈그리고 앉으면 엉덩이가 드러나 그대로 똥을 눌 수 있었다. 아버지와 둘이 톈진에 갔을 때 처음으로 먹었던 하야시라이스는 와인 칼라의 모자랑 같은 색이었다. 나는 하야시라이스와 그 모자를 잊을 수 없다.

– 와인 칼라의 펠트 모자 / 벨벳 케이프 / 울 레깅스

北京にいた。あんまり可愛くなかったけど、父は、私の洋服や靴を沢山買って来てくれた。私はケープを着るのが大好きで、どこへ外出したか覚えていないが、夕方ケープのひもをいじりながらうきうきしていて、いろんな帽子をかぶってみたりした。兄はセーラーカラーの洋服を着て、やっぱり帽子をかぶっていた。母はビロードの支那服を着て、狐の顔や足がぶらさがっているえり巻きをして、高いハイヒールをはき、それをはくと必ず足が痛くなるのに、必ずはき、父が不気

（３女）

ワインカラーのフェルトの帽子

ビロードのケープ

ウールのレギンス

嫌になっていたけど、父は母に支那服を着せたがっていた。あんなにめかしこんで、どこへ行ったのだろう。北京の冬は寒くて、支那人が着るわたいれのズボンをはいて、わたいれの手作りの靴をはいていた。ズボンはこやがむと、そのままお尻が丸出しになって、そのままうんこが出来た。父と二人で天津に行った時始めてたべたハヤシライスが、ワインカラーの帽子と同じ色をしていて、私はハヤシライスとその帽子が忘れられない。

5살(1943년)

물자가 부족해졌기 때문에, 재활용 옷을 만들게 되었다. 아는 아주머니가, 아버지의 구루메(유명한 방직 산지) 기모노로 만들어준 옷은 미술 공예품처럼 공이 많이 들어갔다. 감색 구루메 기모노 천으로 가슴에 무지개처럼 빽빽하게 자수가 놓여 있었다. 어느 날 그 아주머니가 와서 흐흑- 하고 우는데 울음이 그치지 않았다. 아저씨가 군인이 되었기 때문이었다. 어른이 우니까 이상하다고 생각했지만, 그때 아주머니는 겨우 28살이었다.

그 옷은 옷감이 톡톡해서 길이를 늘이고 늘여서 소학교 5학년까지 입었다. 영양실조에 걸려 귀환하자마자 죽은 오빠의 장례식에서도 그 옷을 입었다. 아무리 오래 입어도 그 옷만은 반짝반짝 빛나는 것 같았다. 그 다음에 여러 가지 물건으로 옷을 만들었다. 오빠의 외투는 담요로 만들었는데, 그 외투를 도둑맞았던가 그랬다. 커튼으로 몸뻬 한 벌을 만든다든가, 어머니의 기모노로 스커트를 만든다든지 했다.

– 아버지의 구루메 기모노 천으로 만든 원피스

物資が少なくなって来たので、更生服を作るようになった。知り合いの小母さんが、父のくるめ絣で作ってくれた洋服は、美術工芸品のように手がこんでいた。紺地の絣に胸のところが、虹のようにびっしり刺繍がしてあった。

ある日その小母さんが、来てわっーと泣いた。小父さんが、兵隊さんになってしまったのだ。大人が泣くなんておかしいと思ったけど、あの時、小母さんはただの二十八だった。

（5文）

その洋服は、あんまり丈夫だったので、丈をのばしのばし、小学校五年まで着た。栄養失調で引き揚げてすぐ死んでしまった兄の葬式にもそれを着た。どんなに古くなっても、その洋服だけは、光り輝くようだった。

それから、いろんなもので、洋服を作った。

←父のくるめ絣のワンピース

兄のオーバーは毛布で作り、そのオーバーが盗まれたりした。カーテンで、もんぺのアニサンブルを作ったり、母の着物で、スカートを作った。

6살 (1944년)

오빠가 입학해서 빡빡머리가 되었다. 오빠는 하루 종일 울었다. 2살 위인 오빠는 가죽 가방이 그래도 있고, 국민복도 감색 천이었다.

내가 국민학교에 입학했을 때 가방은 두꺼운 종이 보드지였다. 다롄에 있던 교장 선생님은 군복에 훈장을 4개 달고 샤벨을 차고 가죽 구두를 신고 있었다. 입학식 사진 뒤에 '뤼순 요새 사령부 검열함'이라는 스탬프가 찍혀 있다.

몸뻬 풍의 아래위 한 벌 옷을 입었다. 처음으로 검정 운동화를 신었다. 몸뻬도 운동화도 새로운 패션이라 기뻤다.

방공 모자도 어쩐지 스릴 만점이라 언제 어떻게 사용하는지 모르는 사이에 B29 폭격이 있었다. 아카시아 가로수 밑에 굴을 파고 다다미만 덮은 방공호에 뛰어 들어가게 되었다. 다롄에 폭탄이 떨어진 일은 없었다. 언젠가 해수욕에 가서, 사이렌이 울려, 팬티에 방공두건을 쓰고 풀밭을 기었더니, 풀이 따끔따끔하고 무척 뜨거웠다.

— 전투모 / 국민복 / 방공두건 / 보드지의 란도셀 가방 / 몸뻬 풍의 옷

兄が入学するので丸坊主にした。兄は一日中泣いていた。二年年長の兄は皮のランドセルがまだあり、国民服も紺サージだった。

私が国民学校に入る時ランドセルはボール紙だった。大連に校長先生は軍服に勲章を四ッつけてサーベルをさげて、皮のブーツをはいていた。入学式の写真の裏に「旅順要塞司令部検閲済」のスタンプが押してある。

6才

戦斗帽

国民服

防空ズキン

もんぺスタイルのアンサンブル

ボール紙のランドセル

もんぺ風アンサンブルを作ってもらった。初めて黒い運動靴をはいた。もんぺも運動靴も新しいファッションで、うれしかった。防空ズキンも何だかスリリングで、いちど使うかわからないうちに、本当にB29が来た。アカシア並木の根もとに穴をほって、たたみをかぶせただけの防空壕に逃げこむようになった。大連に爆弾が落ちたことはなかった。いつか、海水浴に行って、サイレンが鳴り、パンツ一つに防空ズキンをかぶって草むらに伏せたら、草がチクチクしてとてもあつかった。

9살 (1947년)

귀환해서 야마나시에 있는 아버지의 고향으로 갔다. 그 마을에서 귀환자는 우리들뿐이었다. 일본이 이렇게 가난하다고 생각하지 못했다. 그 즈음의 학교 기념사진이 있는데, 그 사진에는 손을 대면 더러워질 만큼, 더러운 아이들이 찍혀 있다. 모든 아이들의 머리에 이가 있고, 손은 터서 갈라졌거나 동상이고, 두 콧구멍에서 콧물이 흘러내리는 아이가 대부분이고, 남자아이는 빡빡머리에 종기가 나 있었다.

여자아이는 거의 똑같이 배급받은 감색 몸뻬를 입고, 소맷부리가 때와 콧물로 검게 빛났다. 모두 짚신이나 게다를 신었다.

- 머리가 온통 이투성이라 일요일이면 툇마루에서 DDT와 참빗으로 이를 잡았다.
- 배급받은 몸뻬 한 벌. 감색의 인조섬유로 번들번들 빛났다.
- 짚을 엮어 만든 짚신, 아버지가 만들었다. 짚과 누더기를 합치면 괜찮아졌다.

引き揚げで山梨の父の田舎に行った。村で引き揚げ者は、私達だけだった。——

ひび割れか、しもやけで、二本鼻をたらしている子も珍しくなく、

日本が、こんなに貧乏だとは思わなかった。

その頃の学校の記念写真があるけど、その写真は手をふれるのも汚たならしい程、きたならしい子供達が写っている。どの子も頭にしらみが居て、手は

（9才）

あたまじらみだらけで、D、D、Tとすきぐしで、日曜日のえんがわでしらみとりをした。

配給のモンペ上下。紺色のスフでテカテカ光っていた

男の子の頭は丸坊主で、テカテカ光っていた。

わらぞうり父が作った。わらと布口を合わせると丈夫になった。おでき

女の子はほとんど同じ配給の紺色のもんぺを着て、そで口が、あかと鼻汁で黒光りしていた。みんなわらぞうりか下駄をはいている。

11살 (1949년)

아이가 다섯이나 되는데, 냉장고도 세탁기도 없었다. 그러니 스웨터부터 팬티까지 만들었던 어머니는 언제나 히스테리였다.

- 비닐이 처음 나왔을 때 비닐 리본이 유행이었다. 땋은 머리에 반투명 비닐을 달았다.
- 스웨터는 여러 가지 색이 섞여서 엄청 이상한 색, 모자라는 부분은 전부 줄무늬 모양이었다.
- 검정 면직 양말. 양말은 신어도 줄줄 흘러내렸다. 구멍난 데를 실로 꿰맸기 때문에, 여러 가닥이 들어가 있었다.
- 양말 흘러내림 방지용 고무줄
- 어머니의 울 기모노를 염색해서 만든 스커트는 길이를 늘려서 입었다. 모양 등이 약간 진해지고 있다.

11才

ビニールが出はじめた時
ビニールのリボンがはや
った。三ツ編にした髪
の毛に半透明のビニー
ルを付けた

子供が五人も居て、冷蔵庫も洗
たく機もないのに、セーターからパンツ
まで作っていた母親はいつもヒステリー
だった。

セーターは色んな色が
まざって、まか不思議な
色。足りない分は全部
シマ模様になっていた。

ゴムの靴下どめ

黒もめんの靴下、くつ下はい
つもズルズルおちて来た。
破れたところを糸でかが
るので、何本も
すじが入っていた

母のセルの着物を染めて作った
スカートの丈をのばして着ていた。
模様などが少し濃い目になっている。

14살 (1952년)

순모는 값이 비싸서, 스웨터도, 스커트도 화학제품이었다. 나는 순모 점퍼스커트를 입는다면 순식간에 품격이 높아지겠지 하고 믿었다.

- 반에 두세 명, 감색 모직 점퍼스커트를 입고 있는 부자가 있었다. 순모 스커트는 이불 밑에 깔아서 눌려 놓아도 푹신푹신하기 때문에 품위 있어 보였다.
- 어머니가 손뜨개 기계를 들여와 기계편물 스웨터를 만들었다. 딱딱하고 단단해서 가장자리가 밀려올라갔다.
- 살구색의 면양말
- 스커트, 어쩐 일인지 체크 무늬뿐이었다.

14文

クラスに二三人紺サージのジャンパースカートをはいている金持がいた。純毛のスカートは寝押しをしてもふっくらとすじがついた上品だった

母が手あみ機を仕入れてきかいあみのセーターを作った。カチカチに固くてはじがめくれ上るのだった

純毛は高価で
セーターも、スカートも化せんだった。
私は純毛のジャンパースカートを着ればたちまち上品になるだろうと信じた。

スカート、なぜか、４ホック
ばかりだった。

ハダ色もめんの靴下

16살 (1954년)

고등학교 시절은 세일러복을 입었다. 관혼상제, 나들이, 평상시에 전부 입는 교복이었다. 일년 내내 같은 스커트를 입고, 여름에는 웃옷이 흰색이 되었다. 그때는 모두 순모 천이었다. 내 교복은 원숭이를 키우고 있는 바느질 가게에서 만들어서, 원숭이 냄새가 달라붙어, 3년 내내 냄새가 없어지지 않았다.

동경하던 순모 서지 천을 입어도 나에게는 원숭이 악취가 났던 것이다. 겨울에는 세일러복 아래에 스웨터를 입었다. 스커트의 주름은 24줄이 규칙인데, 멋부리기 좋아하는 불량한 몇몇 친구들은 28주름에서 32주름으로 만들어 웃옷의 길이를 짧게 하고, 허리를 좁게 만들어 열린 옷깃을 깊게 해서 모양을 냈다.

- 끈 달린 가죽 구두
- 검정 양말

高校の時はセーラー服だった。冠婚葬祭よそ行き、ふだん着全部制服だった。一年中同じスカートをはき、夏は上着が白くなった。

その時は皆んな純毛のサージだった。

私の制服は猿をペットにしていた仕立屋が作ったので、猿の匂ひがこみついて、それは三年間とれなかった。

16女

冠——憧れの純毛のサージを着ても私は猿くさかったのだ。冬はセーラー服の下にセーターを重ねた。スカートのひだは二十四本が規則で。

ナンパの人は二十八本から三十二本にして上着の丈をつめ、胴を細くしてえりのあきを深くしてかっこをつけていた。

黒いソックス

ひもつき革ぐつ

20살(1958년)

청춘의 한복판이었는데, 돈도 없고 오락거리도 없고 50엔짜리 명화극장에서 옛날 영화를 보는 것이 유일한 즐거움이었다. 너무 즐거움이 없는 탓인지 각 대학에서 댄스파티 하는 게 유행이었다. 늘 파티만 하는 친구들도 있었다. 어느 날, 친구의 옷을 위아래 한 벌로 모두 빌려 입고 파티장에 갔다. 처음으로 남자에게 안겨서, 어떻게 해야 좋을지 몰랐는데 "너, 너 좀 떨어져 줘." 하는 말을 듣고는 춤추는 것을 그만두게 되었다.

　- 주름 스커트를 낙하산 스타일이라고 하는데, 속에 바스락거리는
　　3단으로 나뉜 패티코트를 받쳐입었다.

青春の眞唯中なのに、お金もなく、娯楽もなく、五十円の名画座で、古い映画を見るのが、唯一の楽しみだった。あんまり楽しみがなかったせいか、各大学でダンスパーティというのが、はやった。パーティばっかり開いている。

20才

パーティ屋みたいな友達もいた。ある日、友達の洋服一式を借りて行った。始めて、男の人に抱きついて、どうしてよいかわからなくて、

「君、君もっと離れてよ」と云われて踊るのをやめてしまった。

ギャザースカートを落下傘スタイルと云って、中にガサゴソする三段切りかえのペチコートをはいた。

30살 (1968년)

세상 물정을 분별할 나이였지만, 나는 미니스커트를 입었다. 뭐든지 싹둑싹둑 잘라 팬티가 보일 듯 말 듯하게 O형 다리를 노출하고 다녔다. 그것이 아름다운 것은 아니었다고 해도 그 개방감은 잊지 못한다.

- 임부복까지 미니스커트였다. 지금 사진을 보니 무척이나 그로테스크하다.
- 처음에는 팬티스타킹이 없었다. 그래서 조금만 구부리면 거들이 보였다.

30才

いい年をしていたけど、私はミニスカートをはいた。何でもかんでもジョキジョキ切って、パンティスレスレにして、O脚の足を露出した。それが、美しいものでなかったとしてもあの開放感は忘れられない。

女中服までミニスカートだった。今写真を見るとものすごくグロテスクだったと思う。

始めのころ パンティストッキングがなかった。少しかがむとガードルが見えた。

3살
(1941년 4월 25일)
베이징에서 오빠와 함께

12살
(1950년 12월 26일)
니혼다이라에서
아버지와 남동생, 사노 요코

14살
(1952년 3월)
중학교 3학년 송별 소풍.
가장 왼쪽이 사노 요코

17살
(1955년 7월 8일)
친구와 함께.
왼쪽이 사노 요코

20살

(1958년)

무사시노 미술대학 시절

30살
(1968년)
미니스커트 임부복을
입은 사노 요코

에세이

소녀시대부터 미술대학 시절, 그리고…

세면기

어렸을 때 오빠와 둘이서 세면기를 들고 나와, 그 안에 물을 채우고, 얼굴을 담그고, 얼마나 숨을 참을 수 있는지 경쟁을 벌였다. 나는 오빠가 언제까지나 세면기에서 고개를 들지 않으면 걱정이 되어 어깨를 흔들었고, 그래도 고개를 들지 않으면 "그러다, 죽어." 하고 몸으로 맹렬하게 덤벼들었다. 그러면 오빠는 세면기에서 고개를 들자마자 경련을 일으키듯 '히이 –' 하고 크게 숨을 들이쉬며 '죽었다'고 말하고는 흠뻑 젖은 얼굴 그대로 눈 흰자위를 까뒤집는 것이었다. 가슴이 크게 오르내리며 눈 흰자위 그대로 죽은 척했다. 나는 정말로 죽은 줄 알고, 또 "오빠야, 오빠야." 하고 몸을 흔들었다. 그러다 오빠는 엎드려 세면기에 얼굴을 대고 '히이-'라는 말도 하지 않고 얼굴을 붙인 채 두 손 두 다리를 버둥거리고 몸부림치며 기절하는 연기를 보여주었다. 이것은 '히이-' 하는 것보다 더 무서웠다. 더구나 언제까지나 그러고 있었다. 나는 오빠에게 말을 탄 것처럼 해서 오빠의 몸을 세면기에서 떼어내려고 안간힘을 썼다. 오빠는 허둥대면서도 이따금 얼굴을 물에서 떼어내고 재빨리 숨을 들이쉬곤 했다. 나는 솔직해서 세면기에 얼굴을 대자마자 고개를 들었다. 그러면 오빠는, 내가 고개를 들 것 같으면, 두 손으로 힘껏 얼굴을 세면기 안으로 밀어 넣고 놓지 않았다. 나는 겁에 질려 숨을 계속 쉬는데도 당황해서 코로 물을 들이마셨고, 정말로 두 손 두 다리를 버둥거리고, 뒤로 뒤집어지고, 숨이 막혀, 그 다음에는 울면서, 물에 젖은 채 오빠에게 달려들었다. 그리고 또, 질리지 않고 이따금씩 세면기를 들고 나왔다.

그 다음에 우리는 목욕탕 안에서 그걸 하기 시작했다. 크게 숨을 들이마시고 동시에 부글부글 뜨거운 물속에 머리를 담그고, 이제는 안 되겠다 하는 순간에 수증기 자욱한 목욕통 속에서 하아하아 하며 일어선다. 아직 오빠는 우물쭈물하고 있다. 나는 물에 젖은 채 물속에서 흔들거리는 오빠의 빡빡이 머리를 보고 있다. 걱정된다. 오빠도 잠시 후 벌떡 일어선다. 둘이서 하아하아 거친 숨을 몰아쉬고, 맨몸으로, 진짜 우두커니 서 있다. 그러다가 나도 꾀가 나서, 얼른 머리를 내밀고 숨을 몰아쉬다가 다시 들어가 숨을 헐떡이며 속임수를 쓰기 시작했다. 오빠는 진작에 그렇게 하고 있었던 모양인지, 금방 들켰다.

우리는 무엇을 시험하며 놀고 있었던 걸까, 그것은 놀이였던 걸까. 나는 그러니까, 익사하는 두려움을 상상할 줄 알았던 것이다. 만약 영원히 물속에서 나오지 못한다면, 하고 상상할 때, 나는 이불 속에서 공기를 충분히 마시고는 숨을 멈춘다. 나는 머리를 흔들며 그 상상을 떨쳐내려 한다. 나는 이불 속에서 머리를 흔들며 큰 소리로 노래한 적이 있다. 머릿속의 것을 노래 쪽으로 옮기려 했던 것이다. 그렇기 때문에 내가 강에 수영하러 가지 않았냐 하면, 수영을 하지도 못하면서 철벅철벅 물속으로 들어가는 것은 아무렇지도 않았던 것이다.

그로부터 수십 년이 지났다. 하지만 나는 익사하는 게 가장 무섭다.

한 달 전, 베니스에 갔다. 리도 섬에 갔을 때 마침 해질녘이라 태양이 막 바다로 지려는 참이었다. 터너의 그림 같았다. 나는 숨을 죽인 채, 물에 태양이 반사되지 않으면 이런 풍경은 볼 수 없다고 생각하며, 물은 훌륭하다고 감탄할 수밖에 없었다. 그러나 터너의 그림처럼, 혹은 인상파의 그림처럼 아름다운 바다가 나를 삼킬 수 있다고 생각하면, 그 석양에 빛나는 물에 절대로 속지 않겠다고 생각하는 것이다.

오빠는 11살의 초여름에 죽었다. 엄청나게 비가 오는 날이었다. 집 앞 후지천이 탁류를 이루며 강변 전체를 휘돌아 흘러가는 것이 보였다. 오빠는 얇은 이불 속에서 납작해져서 죽어 있었다. 옆집 여자아이가 와서 "건너편 동네 애가 글쎄 아기를 방석 안에 업고 있지 글쎄, 강을 보고 있다가 글쎄, 이렇게 절했더니 풍덩 아기가 쏙 빠져서 글쎄, 강물에 떠내려 갔어 글쎄, 보러 가자 글쎄."라고 했다.

나는 오빠가 물속에서 죽지 않아서 다행이라고 생각했다.

(1990년 / 게재지를 알 수 없음)

야마토 호텔

여자는 호텔을 좋아한다. 아니, 적어도 나는 좋아했다.

첫 호텔은 다롄의 야마토 호텔이었다. 베이징에서 다롄으로 이사한 밤, 야마토 호텔을 향해 흐느껴 울며 걸었다. 다섯 살이었던 것 같다. 흐느껴 울면서 걸었던 것밖에 기억나지 않는다. 호텔에 도착해서 어떤 현관에서 어떤 침실로 갔는지, 그리고 밥을 먹었는지 새하얗다.

그러다가 패전이 되자 그날부터 덩치 큰 러시아인들이 다롄 거리에 넘쳐났다.

러시아인들은 여자를 보면 강간한다는 소문이 돌았다. 아이가 강간의 의미 따위는 알 수 없지만, 아이도 알고 있었던 것이 아닐까 생각한다.

우리는 덩치 큰 러시아인을 로스케라는 별명으로 불렀다.

어느 날 알몸인 아주머니가 벌거벗은 채 안뜰을 가로질러 집으로 뛰어 들어왔다.

그 아주머니는 로스케에게 당한 뒤였을까, 어떻게 알몸으로 도망칠 수 있었는지 모르겠다.

로스케는 일본인에게서 시계를 빼앗아 양손에 열 개나 스무 개나 나란히 차고 있었다.

시계가 드문 로스케는 야만인이라고 아이라도 생각했다.

로스케는 일본인의 집에 침입해 무엇이든지 가져갔다.

다롄에 호시가우라라고 하는 피서지 같은 아름다운 곳이 있었다. 소풍 가는 곳으로, 소나무가 자라고 있었던 것 같다.

이미 종전으로 학교는 폐쇄되었기 때문에 담당자 우오즈미 시즈카 선생님이 서너 명의 학생을 소풍에 데려가 주었다. 편애하는 아이들뿐이다.

거기서 호시가우라 야마토 호텔이 보였다. 야마토 호텔은 러시아 장교의 숙소였던 것 같다.

우리 곁으로 러시아 장교 두세 명이 다가왔다. 그들은 로스케와 전혀 다른 군복을 입고 있었다.

제복 때문이 아니다. 아이지만 인간의 격이라는 것이 있다는 것을 알았다.

장교는 신사였다. 젊지는 않았다.

그중 한 명이 나를 안고 호텔로 가자고 했다. 내가 러시아어로 말을 건 것이다. 원숭이처럼 아이는 러시아어를 익힌다.

야마토 호텔에 가면 분명히 맛있는 과자가 있다는 냄새를 장교에게서 맡았다.

선생님도 로스케와 장교의 차이를 알았기 때문에, 다녀오라고 했지만 나는 불이 붙은 듯이 울었다.

나는 인생에서 후회하는 일이 거의 없지만, 그때 호시가우라의 야마토 호텔에 가지 않은 것은 깊이 후회한다.

그리고 비로소 인간에게 격이라는 것이 있다는 것을 몸으로 느꼈다. 격은 눈에 보이는 것이다.

다롄의 야마토 호텔은 시내에도 하나 더 있었다.

나는 기억에 없지만, 흐느끼며 울음을 터뜨리며 안 간 곳은 시내 야마토 호텔이었다고 생각한다.

일본에 온 점령군도 우선 유명 호텔을 접수했다.

『사라진 숙박 명부 호텔이 말하는 전쟁의 기억』(야마구치 유미 지음, 신조샤, 2009년)을 읽었다.

띠지에는 '개전 전야, 후지야 호텔에서 행해진 미일 극비 교섭'이라고 되어 있다.

그리고 숙박 명단에는 그날의 사람 이름이 몽땅 빠져 있다. 수수께끼인 채 오늘까지 공백으로 되어 있다.

후지야 호텔이다.

지금 나는 그것을 밝힐 생각이 없다. 으음 하고 생각하고, 어어 하고 생각한다.

으음도 어어도 없는 것은 재미가 없다.

조만간 전문가가 밝힐 것이다.

한때 나는 유명 호텔에 볼일도 없는데 혼자 외출해서, 으음, 어어 하고 생각했다.

유명 호텔은 격조가 있었지만 더럽고, 냄새도 났지만, 더러운 것도 냄새도 뭔가 고마웠다.

멋진 한국 친구들은 가끔 일본에 오면 반드시 제국호텔에 묵는다.

호텔은 쉬쉬하면서 정치적 음모의 무대가 된다.

나도 외국에 가면 허세를 부린다. 베니스에서는 15세기에 귀족들의 저택이었던 호텔에서 묵은 적이 있었다. 그 호텔은 바닥이 기울어져 있어서 뭐든지 데굴데굴 한쪽으로 굴러갔다.

(『한권의책』, 2009년 11월호)

아버지도 아빠였다

우리 아버지는 언제나 기분이 언짢은 남자였다. 가장 섬뜩했던 것은, 퇴근하고 돌아오면 고양이처럼 소리도 없이 집에 숨어들었고, 정신을 차려보면 내 뒤에 서 있을 때였다. 그래도 긴 출장을 마치고 돌아왔을 때면 나는 아버지에게 달려들어 아버지에게 기어올랐다. 아버지의 외투에는 담배와 먼지와 바깥의 냉기 냄새가 뒤섞여 있었는데, 다시 한 번 그 냄새를 맡아보고 싶다.

그저 두려운 존재였다고 줄곧 생각했지만, 아버지의 등에 목말을 타고 아카시아 잎사귀가 얼굴을 스치던 6월의 다롄도 기억한다. 처음 바다에 갔을 때는 아버지의 등에 매달려 있었다. 싫은 추억이다. 아버지는 여자아이인 나에게 검은 엣츄우 훈도시를 입혀 주었던 것이다. 바다의 빛과, 그 빛이 그대로 푸른 하늘로 이어지던 여름날도, 그 엣츄우 훈도시 때문에 지금도 가슴이 뭉클해진다.

어디로 가는지 모른 채, 넓고 얄팍한 아버지의 손을, 작은 손으로 잡고서 언제까지나 타박타박 걸어가던 나를 기억한다.

그 넓고 얄팍한 아버지의 손에 싸여 있을 때 얼마나 안심이 됐을까.

어릴 때 아버지와 자식의 시간은 정말 짧은 시간이었을 것이다.

그 짧은 시간이, 지금 생각해 보면, 아주 오랫동안 내 안에 살고 있었다.

이 그림책을 만들 때 나는 내 아버지에 대해 생각도 하지 않았다. 지금, 페이지를 다 넘기고 이 곰의 아빠도 역시 나의 아빠였다고 생각한다.

('제51회 소학관 아동출판문화상' 요항
2002년 11월 수상작 『아빠가 좋아』)

옛이야기의 에너지

내가 어렸을 때는 창작 동화나 그림책이 보급되지 않았고, 전쟁 중이기도 했기 때문에 문화적 환경이라고는 도저히 말할 수 없었다.

그래도 자연스럽게 일본의 옛이야기나 그림동화나 안데르센은 알고 있었다. 아빠나 엄마가 외우고 있는 것을 들려 주는 것을 듣고 외운 것 같다.

하지만 안데르센과 그림 형제의 책은 아르스의 아동문학 전집이 있어서 읽어 주었다. 반들반들 종이에 예쁜 삽화가 있는데, 책 만지는 것을 좋아했다.

그러나 옛날이야기는 어딘가 모두 무서웠다. 동생들은 '우라시마 타로 - '라는 말만 들어도 울기 시작했다. 「인어공주」를 읽어 주면 나는 온몸이 인어공주와 똑같이 고통을 느꼈다.

일본의 옛날이야기도, "굳이 그렇게까지 하지 않아도"라고 생각하는 것뿐이어서, 이야기를 듣고 나면, 왠지 석연치가 않았다. 그러나 왠지 석연치 않은 이야기들만 선명하게 인상에 남았고, 그것은 언제까지나 상처로 지워지지 않았다. 「원숭이와 게의 싸움」 같은 건 게에게 맷돌이 쿵 하고 떨어지면 게딱지가 빠각빠각 소리가 날 것 같아 무서웠다. 그리고 또 어떤 면에서는 통쾌한 기분이 들기도 했다. 권선징악은 모두 어딘가 기분이 좋다고 생각하면서도, 너무 심하면 몸이 두 동강이 날 것 같았다.

나는 또 공주 이야기를 좋아했고, 아름답고 상냥한 여자아이가 나중에 왕자와 결혼해서 부귀하고 높은 신분이 되는 '다마노코시 이야기'가 대부분이라 해피엔딩이라고 안심했지만, 어린 나이에도 내가 공주의 신분이 아니라는 것은 참으로 확실히 인식하고 있었다.

읽어 주는 걸 듣고 있을 때는 두근대며 공주님의 행운을 기뻐하지만, 그 후에는 정말로 낙심했다. 아름답지도 상냥하지도 않고 원숭이처럼 날뛰는 여자인 나에게 도대체 어떤 미래가 기다리고 있느냐고. 리얼리즘이 확고히 뿌리 내리고 있었기 때문에 이 또한 혼란의 근원이 되는 것이었다.

아이에게 옛날이야기는 설레는 즐거움과 괴로움을 주고 모순이 가득한 이 세상의 두려움을 제시한 것이다.

기분 좋고 행복한 이야기만 듣고 자랐다면 이 세상은 수수께끼와 모순으로 가득 차 있다는 것을 어른이 되어서도 이해하고 싶지 않을지도 모른다.

『거짓말』이라는 옛날이야기 패러디를 썼을 때 나는 이미 어른이었지만, 네 살 다섯 살 때의 옛날이야기를 잊을 수가 없었다.

쓰고 있을 때는 즐거웠다. 하나의 이야기가 여러 개의 패러디를 낳는다는 것을 알았을 때, 시공도 민족도 초월한 인간의 엄청난 에너지에 나는 "정말 죄송합니다." 하며 부끄러워하기도 했다. 나는 옹졸한 상식인이었다.

어렸을 때 알게 된 옛날이야기는 앞으로도 계속 내 안에 살 것이라고 생각한다.

(출처를 알 수 없음)

행복하고, 가난하고

그 무렵에는 무사시노 미술학교라고 해서, 대학이 아니었다. 나는 시골뜨기 엄마를 속여서 대학이 아니라고 말하지 않았다. 나는 예대만 바라보고, 재수를 해도 예대에 들어가지 못했다. 재수생 동료인 예대 실패조는 모두 '무사비'에 패거리를 지어 올라탔다는 느낌이었다.

그래도 여러 지방에서 온 소박한 사람들도 있었던 것이다. 나도 1년 전에는 소박한 시골뜨기였다. 우리가 지나치게 제 세상인 양 굴어서 처음에 주변 학생들은 조금 겁에 질렸을지도 모른다. 어쨌든 모두가 몹시 가난했기 때문에 밧줄을 바지 벨트로 대신하고 있는 남자도 있었고, 반바지에 밀짚모자를 쓰고 나막신을 신은 남자는 여름방학을 맞은 초등학생인가 싶어도 어쩔 수 없지만, 이 짝통 초등학생이 여전히 활개를 치고 잘난 체하고 있었다.

학생들만 가난한 건 아니었다. 학교 건물은 막장으로, 그것을 감추기 위해 작은 3층짜리 콘크리트 건물이 미안한 듯이 서 있었다. 캠퍼스 따위는 없는 것이었다.

낮이 되면 매점이 열려 빵을 팔고 있었다. 담배를 낱개로 팔았는데 '이코이' 두 개비가 5엔이었다. '새로운 삶'과 '이코이' 밖에 없었을지도 모른다. 가난한 사람 중 가장 가난했던 나는, 거기서 한 시간 아르바이트를 하고 빵 한 개랑 30엔을 받았다.

한 달에 한 번 정도 과제가 나오고, 강의평가가 있는 날에 또 다음 과제가 나온다. 책상 같은 게 있겠는가. 애당초 교실 같은 게 있었던 걸까. 과제 제출일은 전판의 패널을 중앙선으로 옮기고, 바람이 불면 덩치 작은 남학생은 패널을 안은 채 휘리릭 날아갔다.

그리고 교실다운 방 벽에 주르르 작품을 늘어놓고 교사를 기다렸다. 기분이 언짢은 교사는 들어오면 느릿느릿 작품을 바라보고, 교실을 한 바퀴 돌면 한 학생에게 다가가 "너 셔츠 잘 입었구나."라며 학생 셔츠를 잡아당기고 그대로 교실을 나가기도 했다.

레터링 수업시간에 (역시 책상은 있었겠지) 뒤쪽 학생이 잡담을 하고 있었다. 앞쪽에 싸움을 잘하는 건달 같은 학생이 있었다. 그는 벌떡 일어나서 뒤까지 걸어가 잡담을 하는 학생을 마구 때리고 그대로 총총 자기 자리로 돌아갔다. 망연자실한 교사는 그러나 "……기 때문에"라며 잠시 중단된 수업을 계속했다.

모두들 정말 진지했다. 건장한 학생도 반바지 입고 학교에 오는 남자도 모두 디자인밖에 생각하지 않았다.

강평이 있는 날, 차례차례 학생들이 과제를 제출할 때 정말 긴장과 놀라움과 기대로 가슴이 두근거렸다. 교사가 강평하기 전에 우리는 이미 알고 말았다. 개성이란 무엇인가, 사람이 물건을 만들어 내는 신기함을, 잠든 재능이 드러날 것 같은 두려움을 나는 배웠다.

반바지 차림의 잠자리 잡는 학생은 몇 시간이고 내 작품을 비평해 주었다. 그 성실함을 나는 잊지 않을 것이다.

과제가 늦어지자 바람에 휘리릭 날아가는 학생은 우리 하숙집에서 아침까지 글씨를 그려 주었다. 그 밑 빠진 친절을 나는 잊지 않을 것이다.

한여름, 여학생과 둘 다 슬립 차림으로 공동 제작한 알찬 글을 떠올린다.

　"무사비는 서로"라며 버스비 10엔을 빌려준 학생도 있었다.

　디자인과에 있으면서 끝까지 직각을 긋지 못한 나는 탈락했지만, 그 동료들은 확실히 일본의 새로운 디자인을 담당하는 사람들이 되었다. 우리는 그렇게 가난했는데도 미래에 대한 확실한 희망과 포부를 품고 있었다. 그런 시대를 살았다.

　그 가난은 얼마나 행복한 가난인가. 그리고 세월은 꿈결에 지나갔고, 우리는 이제 할아버지와 할머니가 되었습니다.

(『편집회의』, 발표 연도를 알 수 없음)

오싹하다

나는 미술학교 디자인과에 들어갔는데, 아무리 열심히 애써도 직각을 긋지 못했다. 그래픽 디자인의 그림 그리기 역할을 맡았지만 유화과에서 본격적인 교육을 받은 게 아니었기 때문에 제멋대로였다. 제멋대로라면 학교에 갈 일이 없었을 텐데, 지금 생각하면 등록금이 아깝다. 어쩐지 그림책을 만드는 쪽으로 흘러갔지만, 글쓰기 교육도 제대로 받지 못했다. 그래서 "아, 그림책은 히라가나만 있으면 되는구나." 하고 참으로 안이하게 생각했다.

그리고 그것이 나의 직업이 되었다. 직업이 되니 히라가나도 꽤 심오했다. 히라가나만 쓰다 보면 머릿속도 히라가나만의 생각이 되어 갈 텐데, 히라가나만으로도 나는 나이가 들어서 나이에 맞는 때가 충분히 몸에 묻었다.

처음 에세이를 부탁받았을 때는 어른이 된 것 같았다. 어른스러운 부분을 드러낼 수 있어서 균형을 잘 잡을 수 있을지도 모른다고 생각했다.

하지만 본직은 그림책 작가라고 생각했기 때문에, 다니던 직장에서 '글자' 쓰는 것이 꺼려져, 찻집에 가서 '글자'를 썼다. 짧은 예닐곱 편의 에세이를 읽고 에세이집을 내지 않겠느냐고 한 편집자는 꽤 배짱이 있었던 사람이었다.

나는 찻집에서 한 권 분량의 에세이를 썼지만 배짱 좋은 편집자는 회사를 그만두었다. 내 에세이집은 공중에 떠 버렸지만 아무렇지도 않았다. 그림책에는 프로의식이 있었지만 '글자'를 쓰는 데는 프로의식이 없었고 아마 지금도 없는 것 같다.

몇 년 만에 공중에 뜬 에세이를 책으로 만들어 준 출판사가 있었다. 더 이상 '글자'만의 책을 낼 생각이 없었기 때문에, 생애 한 번 '글자'만의 책이 나와서 기뻤다.

그 후 줄줄이 원고청탁이 들어오자, 찻집으로 갔다. 생각이 별로 없었다. 정신을 차리고보니 몇 권의 에세이집이 생겨서 오싹하고 부끄러웠다. 그러나 어딘가에서 창피를 당하는 것이 인생이라는 생각이 들었다. 모든 것을 찻집에서 한 것이다.

그리고 찻집 이외에서는 꼼짝도 할 수 없게 되었다. 별로 바꾸고 싶지 않다.

(『신간 전망』, 2000년 12월호)

그 시절의 베를린

40년 전 서베를린에 잠깐 있었던 적이 있다. 나는 서베를린에 도착할 때까지 베를린은 동서독 사이에 있는 도시이고, 서베를린 바깥쪽은 서독이라고 생각했다.

도착하고 나서 어리둥절했다. 베를린은 동독 한복판에 있었고, 서베를린 바깥쪽은 동독에 빙 둘러싸여 있었다. 그런 건 초등학생도 알고 있었을 것이다.

그리고 도시 한가운데 경계선이 있고, 그 경계선에는 아파트가 이어져 있거나 철조망으로 완벽하게 둘러싸여 양쪽에 병사들이 많이 서 있었다. 그래서 어디에서부터 걸어 나가도 막다른 곳이 되는 것이었다.

'운터 덴 린덴(Unter den Linden)'이라는 동서를 관통하는 대로 한가운데 큰 개선문이 있었고, 그 한가운데가 경계선으로, 그 문을 통해 동베를린이 보였다. 조금 앞에 밧줄이 쳐져 있었고, 항상 이쪽에도 저쪽에도 사람이 있었다. 동쪽과 서쪽으로 갈라진 친구들이나 친척들이 있었을지도 모른다.

동쪽의 아파트 벽이 경계를 이루고 있는 땅바닥에는 군데군데 꽃다발이 늘 놓여 있었다.

아파트에서 고개를 내밀면 목만은 서쪽 공기를 마시고 있는 것이다. 뛰어내리는 사람이 많이 있었을 것이다. 꽃다발이 되어 버린 사람도, 운 좋게 살아남은 사람도 있었을 것이다.

서베를린 사람들은 동베를린에 가면 결코 돌아올 수도 없었고 갈 수도 없었다. 한 도시였을 때는 야마노테선처럼 원형으로 빙글빙글 도는 전차가 달리고 있었다. 경계에 있는 역에 도착하면 차장도 운전사도 바뀌었고, 여권이 있는 여행자만이 차장에게 여권을 보여주고 언제까지나 빙빙 도는 게 가능했다. 그리고 외국인이라도 한국인들은 동독으로 갈 수 없었다.

서베를린은 광고탑 같은 높은 빌딩이나 오페라하우스나 경기장 같은 큰 건물을 동베를린과의 경계에 많이 지었다.

슈퍼마켓의 채소가 매우 비쌌던 것은 모든 먹을거리를 공수해왔기 때문이다. 서베를린은 도쿄와 아무것도 다르지 않았다.

긴자 같은 화려한 상가의 네온사인도, 스트립 클럽이 모여 있는 거리도 있었다. 밤에도 가로등이 있고, 빌딩이나 아파트 창문으로부터 오렌지색 불빛을 통해 일하는 사람들이나 가족들의 그림자가 움직이고 있었다.

(출처를 알 수 없음)

노부코의 50음표

학창시절 친구가 아주 기묘하고 위독한 병에 걸렸다. 신경이 8할쯤 마비되어, 계속 누워만 있다. 귀가 잘 들리지 않는다, 거의 보이지 않는다, 몸이 움직이지 않는다, 말을 할 수 없다, 먹을 수 없다. 일본에서 아주 희귀한 병으로 의사들은 절망적인 진단을 내렸다.

재기는 불가능할 것이라고 누구나 생각했다. 큰 병원의 개인실에서 그녀는 전기세탁기 같은 기계에서 산소를 흡입하고, 걸쭉한 회색 음식을 코로 흡입했다. 처음에 나는 병문안 가는 게 괴로웠다. 열아홉 살의 그녀는 흰 퍼프 슬리브 블라우스에 낙하산 스커트를 입은 꽃 같은 미소녀였다.

결혼해서 두 남자아이를 키웠고, 그동안 계속 일을 해왔으며 자라나는 아들들에게 큰 냉장고로 많은 요리를 해 주었고, 훌륭한 중년 여성이 되어서도 건강하고 밝고 일을 잘했다. 건강하고 밝고 일 잘하는 중년여자는 많다. 솔직히 그녀가 아플 때까지 나는 그녀가 특별한 사람이라고 생각하지 않았다. 칠칠치 못한 나에게 어울리는 평범한 친구라고 생각했다. 절망적인 상황 속에서 그녀는 특별한 사람이 되어 갔다. 아니, 되어간 게 아니다. 그녀는 그 상황에서, 가장 자기다운 본모습을 드러냈는지도 모른다.

우선 아들들이 믿을 수 없을 만큼 헌신적으로 간호를 했다. 큰 아들은 병원 보조침대에서 학교를 다녔고, 작은아들은 돈이 가장 필요하다며 작은 트럭을 사서 세제 세일즈를 하기 시작했다. 남편은 작은 디자인 회사 사장이었는데, 입원한 1년간 이틀 출장 간 것 외에는 매일 병원에 와서 주황색 전등 아래에서 아내를 계속 지켜봤다.

그리고 1년 사이에 조금씩 그녀는 회복되어 갔다. 그때마다 의사가 놀랐다.

1년이 지나자 의사는 병원에서는 더 이상 치료할 일이 없고 치료할 수 없는 환자는 입원시켜 둘 수 없다고 했다. 그녀는 희망 없이 집으로 돌아왔다. 남편이 설계한 특별한 침대에 그녀는 누웠다. 하지만 24시간 간호사가 대기하던 병원에서보다 가족은 더 힘들어졌다. 남편은 아내의 팔에 감은 끈을 자기 팔에 묶고 그 손을 침낭 속에서 내밀어 매일 밤 침대 밑에서 나뒹굴고 있다.

무엇보다 신기한 것은 온 집안이 늘 껄껄 웃고 있다는 것이다.

도대체 이 가족에게 일어난 기적은 무엇일까.

나는 말도 못하고 잠꼬대도 못하는 환자에게 간다. 정신을 차려 보니 나는 그녀에게 내 고민을 호소하고 있다, 징징 울면서. 그녀는 피식 웃으며 오십음표를 가리킨다. '괜찮아, 괜찮아.' 그리고 내 머리를 쓰다듬으며 '괜찮아'라는 모양으로 입을 벌리고 있다. 그걸 보고 두 아들이 히죽히죽 웃고 있다. 나는 건강해질 거야. 고마워. 아들이 "아줌마, 이 사람 누구보다도 낙천적이니까, 이 정도 안정된 게 좋아요. 우리 냉장고 망가졌어요. 돈이 없어서 어쩌나 걱정하니까 이 사람이, 일본 건 안 돼, 미국의 큰 것으로 하라고 지령을 내리는 거예요." "그래서?" "그대로 했어요." 나는 비록 어떤 상태라도 그녀가 머리를 쓰다듬어 주는 동안은 살아갈 수 있다고 생각한다. 그녀는 그녀의 가족에게 꼭 필요한 사람이다. 설사 화장실에 가려면 셋이서 옮겨야 한다 해도.

"빨리 일하고 싶다.""병 다 나으면 여행가자.""병 나으면 저런 남편 이혼해 주겠다."라며 오십음표를 가리킨다. 남편은 껄껄 웃고 있다.

"나, 노부코가 이런 사람인지, 사실 몰랐어요. 보통 마누라라고 생각하고 있었지요. 의사가 반 년쯤 되었을 때, 환자가 절망적이 되고 의욕을 잃고 정신적으로 힘들어진다고 말했어요. 그게 보통 이래요. 그런게 전혀 없어요. 의사한테도 생글생글 웃고 있어요. 이런 환자 처음이래요. 그러니까 의사들이 좋아하고 의사들이 의욕을 보이게 되는 거죠. 원장이 발명한, 침대 밑에 넣고 그 음파 진동으로 듣는 스테레오 플레이어를 퇴원할 때 받았어요. 환자는 당연히 어두운 얼굴을 하지만, 너무 얼굴이 어두우면 의사도 의욕을 잃는 거지요. 노부코는 가끔 히스테리를 일으키는데, 그래도 낙천적이고 밝아요. 정말 나, 이런 사람인 줄 몰랐어요."

마침내 노부코는 자기 힘으로 걷기 시작했다.

그리고는 얼른 한 손을 벌리고 '5년', 하고 입을 움직였다. 5년 이면 완쾌된다고 말하는 거다.

그래, 그렇게 해, 라고 나는 생각한다.

파티에서 많은 사람들에게 멋지다고 생각하게 하는 것보다, 자리에 누워 있지만 온몸이 번듯한 건강한 인간에게 살아갈 힘을 줄 수 있는 사람이 된다면, 얼마나 좋을까 생각한다.

나는 병문안을 갔다가, 아픈 사람이 머리를 쓰다듬으며 착한 아이 착한 아이, 라고 말하는 걸 듣고 건강해져서 돌아온다.

(「PHP」, 1987년 9월호)

일본 지도를 그릴 수가 없어요

이미 60년째 살아온 친구 셋과 심심풀이로 일본 지도를 그려 봤다.

아오모리에서 시작해서, 곧 거기서부터 이와테와 야마가타가 북쪽인지 남쪽인지 알 수 없게 되었다.

모양이, 경단과 같은 니가타일 수도 있고, 규슈까지 가서 규슈는 9개의 현이 있다고 굳게 믿고 있었다. 2개는 어디로 갔을까 셋이서 한참 생각했다. 나를 바라보는 두 사람은 국립대를 나온 기초학력이 충분한 사람들이다. 지도책을 꺼내어 조사해 보니 규슈는 7개의 현이면 되는 것이었다. 그리고 미에현을 완전히 잊고 있었다. 자신의 출신지와 그 주위는 잘 알고 있다. 자신의 고향을 완전히 잊어버린다면 가슴이 철렁할 것이다. 우리가 특별히 일본의 수치 같은 교양 없는 인간일까.

그럼 매일 사용하고 있는 돈을 실물 크기로 그려 보기로 하고, 1엔짜리 동전부터 그리기 시작했다. 날마다 만지고 있는데 참 어처구니가 없다. 10엔짜리 앞면이 헤이안 신궁이라고 우기는 사람과 이세 신궁이라고 양보하지 않는 사람이, 그럼 헤이안 신궁을 그리라고 하면 밑에 물이 있느냐 없느냐로 머리를 쥐어뜯고 있다. 물 같은 게 있을 리가 없겠지 하는 사람은 앞면의 숫자 10 주위에 자신만만하게 벼 그림 같은 걸 그렸다. 아니 주위에 있는 것은 리본이었다라고 말하는 여자는 물결치는 리본으로 10 주위를 장식했다. 500엔에 아오이 문양이 있었다는 남자와, 아니야 화투의 오동나무를 닮았다며 자신 없어하는 사람도 있다. 100엔짜리에 벚꽃이 겹친 것을 기억하는 사람은 한 명도 없는 것이다.

지폐를 그릴 때는 더 심했다. 모두가 실물보다 상당히 크게 그렸다. 아무래도 부자가 적어진다. 똑같은 100엔이든 5000엔이든 사람마다 내적 가치가 다르다는 것을 알 수 있었다. 그렇게 인간의 기억이란 끔찍했고, 이걸로 태연하게 살아왔다는 것에 아연실색했다.

그리고 한 남자는 실로 정확하게 미국의 100달러짜리 지폐를 그렸다. 미국에서 형편없이 가난했던 하숙집에서 마지막 100달러를 쓰기 전에 수중에 100달러를 어떻게든 남겨 두고 싶었다고 한다. 그래서 수채화 물감으로 진짜와 똑같이 모사했다고. 자신이 그린 그림에 스스로도 감탄할 만했다고 한다. 그럼 미국 지도를 그릴 수 있느냐고 물었더니 "그건 지도가 아니야."라고 말한다. 미국의 모든 주는 책상 위에서 자로 똑바로 선을 그어 만들었다. 지도라는 것은 거주하고 있는 인간의 어쩔 수 없는 역사의 싸움일 터이고, 그렇기 때문에 구불구불한 것이라고 말한다.

"너, 정사각형 군마현 생각할 수 있어? 그런 짓 하면, 두 동강이 나는 집 같은 게 우르르 나와 버려. 토지는 신이 주시는 것으로 소유하는 것이 아니라고 인식하며 수천 년 동안 살았던 원주민 같은 건 없다고 치고, 자로 줄을 그어 나라를 만들다니 대단하다고 생각해, 내가 보기엔 따라갈 수 없어. 그래서 길을 또 자로 확 그어서 만드는 거야. 며칠을 달려도 끝도 없이 끝도 없이 곧은 길, 차로 달리면 일본의 미묘한 커브 길의 맛이 그리워지지."

그 풍미 깊은 일본 지도를 그릴 수가 없어요.

(『우라와』, 2000년 겨울호)

무섭다

똑부러지는 모 미술관 학예사가 말했다.

"초 씨, 무서워요. 처음 갔을 때 전혀 말이 없어요. 무서워요. 사노 씨 굉장히 멋진 사람이라고 했잖아요."

"말 안하니까 멋진 거 아니야?"

"그, 그럼 일이 진행되지 않아요."

"괜찮아, 괜찮아. 분명히 괜찮아. 하지만 멋있었겠지."

"모르겠어요, 말을 안 하니까, 나 어쩔 수가 없어요."

"괜찮아, 괜찮아."

나는 그저 큰 도장을 꾹꾹 누를 뿐이다.

나는 먼발치에서 발끝으로 서서 그림책 작가 초 신타 씨를 존경과 동경으로 남의 머리 너머로 들여다보고 있을 뿐이니까, 마음속으로 "너 걸핏하면 가는구나, 아무리 일이라 해도 넉살좋구나."라고 생각하는 것이다.

언젠가, 어느 서점에서 초 신타 씨와 둘이서 사인회를 한 적이 있었다. 나는 기쁘고, 기뻐서, 초 신타 옆에 앉아 벌써부터 두근두근대고 있었는데, 정말 무서운 것은 책이 한 권도 팔리지 않는다는 것이다. 서점 전체가 조용했다. 사인회 코너는 더욱 더 정적이 지배하고 있었다.

"안 팔리네요."

나는 마침내 목소리를 냈다. 초 씨는 "안 팔리네요."라며 산더미처럼 한층 낮은 목소리로 대답했고, 다시 정적이 돌아왔다.

한 시간인지 두 시간인지 기억이 안 나지만, 나에게는 천 년 정도로 길게 느껴졌다. 가끔 지나가는 사람들은 느릿느릿 너희들 뭐하니 하고 신기하게 쳐다보며 지나간다.

마치 지장보살이 두 개 나란히 서 있는 것과 같은 사인회는 끝났다.

"그럼." 하고 초 씨는 엄숙하게 중얼거렸고, "허허허허허" 하고 나는 메아리의 여운 같은 목소리를 희미하게 내뱉었을 뿐이다.

초 씨는 인파 속으로 연기처럼 사라졌다.

때때로, 파티에서 초 신타 씨를 볼 수 있다. 그의 주위에 여자들이 떼지어 모여 있고, 초 신타 씨는 때때로 언뜻언뜻 여자들 사이에서 그 손질 잘된 수염을 기른, 멋진 얼굴이 얼핏 보일 뿐이다.

나는 발끝으로 서서 멀리서 스토커 같은 눈빛으로 그를 바라보았다.

그렇게 허망한 세월이 지나갔다.

어느 날 나는 결심했다. 나도 끝이 얼마 안 남았어. 죽기 전에 초 신타 씨와 투샷 사진 찍자고 하면 뭐가 나빠. 나는 초 씨를 향해 앞으로 걸어갔다. 그리고는 고급스러워 보이는 트위드 양복 팔을 무모하게도 한심하게도 내 팔에 휘감으며 "저어, 같이 사진 찍어요, 사진 찍어."라고 눈앞에서 카메라를 들고 서성이던, 어디 누군지도 모르는 젊은 남자를 향해 외쳤다. 그때의 나를 진정한 모험가라고 불러줬으면 좋겠다.

젊은 남자는 카메라를 향해 쳐다봐 주었다. 아, 이것을 위한 인생이었던 것이다. 그때였다.

"저리 비켜요, 왜 당신 따위가 여기 있어요?"라고, 나는 쿵 하고 튕겨져 나갔다. 내가 있어야 할 공간을 업계 최고의 미녀가 정복한 것이다.

그때 승리한 미녀의 얼굴, 나는 평생 잊지 못할 거다. 그때의 나는, 꼬리를 늘어뜨린 비에 젖은 패배자 같았다.

구도 나오코 같은 이도 부끄러움을 모른다. 술을 마신 탓인지, 타고난 무신경 탓인지, "저어, 저어, 초 씨." 하며 코맹맹이 소리를 내며 등에 팔을 두르고 있다. 천박하군. 나는 또 사람이 없어서 사인 하지 않는 사인회 상태가 되어서, 한쪽에 있을 수 있어서 행복하다고, 할말 없는 사람처럼 되었다.

구도 나오코에게 초 씨가 기쁜 듯이 이야기하고 있다.

"어느 온천장에서 밤이었어요. 내가 혼자인 거 같아 어두운 노천탕에 들어가 있는데, 김이 오르는 어둠 속에서 나체가 둥둥 떠올랐고, 그것이 나를 향해 달려들었어요. 나, 이렇게 도망가서 바위에 기어오르려고 하면, 상대방은 여전히 나를 끌어안으려고 해요, 이렇게. 그게 남자였어요."

흠, 술을 마시면 이런 얘기를 하네.

또 어느 날, 나는 구도 나오코에게 달라붙어 초 씨가 등장한 술자리의 저 아랫자리에 앉았다.

"저어, 초 씨."

또 나오코는 초 씨의 등에 손을 찰싹 얹고 있는 것이다. 그러자 "어느 온천장에서 밤이었어요…… 이렇게 …… 그게 남자였어요."

아무도 초 씨의 작품을 해명할 수 없다. 무섭다. 그러나 초 씨의 침묵은 더욱 수수께끼다. 무섭다.

어딘가의 술자리에서 오늘밤도 초 씨는 "어느 온천장에서……." 라며, 낮은 목소리를 울리고 있을 것이다. 무섭다.

(출처를 알 수 없음)

희곡

어린이를 위한
전설의 연극 무대

연극집단 엔(円) 공연

엔·어린이 스테이지 No.18

초연: 1999년 12월 17일

시아타 − X(카이)

원작·사노 요코 佐野洋子

연출·코모리 미미 小森美巳

기획·기시타 교꼬 岸田今日子

언덕 위의 아줌마

오래 산다고 해도, 뭔가를 잘 알게 되는 게 아닙니다. 아마 자신의 마음을 가장 모르겠지요. 슬픔과 기쁨과 노여움이 어째서 인간의 온몸을 압도하는 것일까요. 그것이 태어나는 곳은 눈입니까, 심장입니까, 머릿속 어디입니까. 하지만 그것은 태어날 때부터, 이윽고 죽을 때까지 한순간도 나를 떠나지 않을 것입니다. 많은 기쁨과 슬픔과 분노를 아이들이 충분히 받아들이고 살았으면 좋겠습니다.

사노 요코

본문 삽화 · 히로세 겐

* 경(景)은 연극에서 장면을 세는 단위입니다.
* ♩는 노래 표시입니다.

제1경 소방서장의 집 (정면에 창문)

서장, 신문을 읽으면서 커피를 마시고 있다.

서장 부인은 아침 식사를 치우고 있다.

루루, 잠옷 차림으로 무대 오른쪽에서 왼쪽으로 달려가, 장난감 총을 엄

마에게 겨눈다.

루루 빵, 빵.

엄마 그만 좀 해! 빨리 옷 입어.

루루 빵빵. (서장을 향해)

엄마 이도 닦은 거니?

루루 싫어. 빵, 빵. (오른쪽으로 달려가며)

엄마 빨리 준비해!!

루루 (무대 안 보이는 곳에서) 싫어. 학교 같은 데는 안 갈 거야.

엄마 당신, 뭐라고 말해요.

서장 응.

루루, 티셔츠를 입고 잠옷 바지를 입은 채 상의를 빙글빙글 돌리면서

루루 나 말이야, 첫날이 싫어, 다들 빤히 쳐다보잖아. (흑흑흑 울기

시작한다)

서장 둘째 날 되면 아무도 빤히 보지 않을 거야.

루루 아, 그렇구나. (갑자기 바지를 입고 양말을 신는다) 하, 하, 하,

양치질이다! (무대에서 사라진다)

엄마 쟤, 왜 저렇게 기분이 돌변하지.

루루, 셔츠의 단추를 끼우면서 나와서.

루루 저어, 아빠. 오늘 우산 필요해?

서장 으응.

루루 신문에 일기예보가 났잖아.

엄마 (부엌에서 나와 식탁을 치우면서) 아까 텔레비전에서 해님 표

시가 나왔으니까 비는 안 올 거야.

서장 신문의 일기예보도 텔레비전도 믿을 수가 없어.

루루, 창밖으로 하늘을 본다.

갑자기 천둥이 우르릉 번개가 번쩍 치며 캄캄해진다.

루루와 엄마는 꼭 껴안는다. 엄청난 비.

루루 엄마, 우비와 장화와 우산.

엄마 그래, 그래.

셋이 나란히 창밖을 내다본다.

요란한 소리가 난다.

비가 뜸해지고 있다.

엄마 여보 우박이에요.

서장 응, 으응.

타닥타닥, 덜컹덜컹.

루루는 흥분을 억누를 수 없다. 기뻐서 들뜨기 시작한다.

서장과 엄마는 꼼짝도 않고 멍하니 우박을 보고 있다.

이윽고 조용해진다.

창밖에는 눈이 조용히 내리고 있다.

루루 아빠, 눈, 눈. (들뜬 채)

서장 으응, 으응.

엄마 여보.

서장 으응, 으응…….

루루 눈, 눈, 눈사람 만들 수 있어?

서장 으응, 으응.

루루 털장갑과 모자와 장화.

서장 잠깐 기다려, 잠깐 기다려.

엄마 여보.

서장 으응, 으응.

어느새 눈이 보슬보슬 내리고 있다.

엄마 여보, 도대체 여기가 어디야, 그래서 나, 전근이 싫은 거야.
　　　루루도 전학해서 불쌍해요, 여보.

서장 어쩔 수 없지. 소방서장이니까. 어디든 가야 하잖아.

루루 나, 전학 좋아하는 것 같아. 우산 가지고 가는 게 좋을까? 우
산, 우산, 우산이다.

서장 으응.

루루 앗, 맑아졌다. 쨍쨍 햇빛이 들었어.

루루는 깔깔 웃기 시작한다.

엄마 여보.

서장 으응.

엄마 (팔짱을 끼고 서장 주위를 천천히 돈다)

서장 으응.

엄마 당신, 알고 있었네. 알고도 가만히 있었네. 여기가 이렇게 날
씨가 어수선한 곳인 걸. 마치 갑자기 바뀌는 루루의 기분 같
지 않아요. 이상하다고 생각했어요.

서장 그렇지 않아. 가끔은 어디서나, 이상기후가 발생하잖아.

루루 이상기후가 뭐야?

엄마 너 같은 사람이야.

서장 하지만 말이야……. 촌장님이 일부러 새 소방차를 주문해 줬

어. 명예로운 일이잖아.

루루 명예가 뭐야?

엄마 아빠의 소방차에 대한 말이야.

서장 점심에는 새 소방차가 도착해.

루루 앗, 새 소방차? 호스 달린 거겠지?

서장 당연하지. 최신 장비를 갖춘 번쩍번쩍한 녀석이야.

루루 명예로운 호스. (혼잣말)

서장 촌장은 날씨가 변덕스러운 곳이라고 말하지 않았는데, 분명히. 기분이 변덕스러운 곳이라고 말했어.

엄마 뭐라고 했어요?

루루 기분이라고 말했대요.

엄마 누구의?

서장 으응.

루루 아빠, 기분은 생물이야?

서장 으, 으응.

엄마 여보, 누구의 기분인 거예요, 그게 날씨랑 무슨 상관이 있는 거죠.

또 비가 세차게 내린다.

엄마   (창밖으로 손을 내밀어 손바닥에 비를 맞으며) 이게, 무슨 기분

인 거야?

서장   아, 아마.

루루   저기, 기분은 남자야, 여자야?

엄마   글쎄, 무얼까, 이거. (손을 흔들어 물을 흩뿌린다)

서장   아, 아마. 하지만.

루루, 우박이 내릴 때는 냉장고의 얼음을 창밖으로 던지고, 비가 올 때는

물총으로 창밖을 쏜다. 눈이 내릴 때는 유리 접시에 눈을 받아 붉은 주스

를 뿌려 먹는다든지 한다.

루루   여기 굉장해. 나, 이런 데가 좋다는 걸, 지금 알았어. (혼잣말

로) 두근두근하는 걸.

서장   아무튼, 오늘은 첫 출근이야. 빨리 양복을 꺼내 줘. 첫 출근

인데 지각하면 큰일이야.

엄마   여기에, 어젯밤부터 잘 준비해 두었어요.

아버지는 소방서장 제복을 입고, 거울로 앞뒤를 잘 보고 수염도 다듬는다.
비는 그쳤다.

서장 그럼, 다녀올게.

루루 우산은?

서장 유비무환이지.

서장은 우산을 팔에 끼고 외출한다. 엄마는 옷장 안에서 털모자와 머플러
를 꺼내 서장에게 던진다.

엄마 이것도 필요할 거예요. 이것도 필요할 거예요!! (하며 장화도
던진다)

제2경 가게가 늘어서 있는 마을 거리

(사료 가게, 옷 가게, 미장원, 빵집, 자동차 가게)

사료 가게 주인은 가게 앞에 자루를 쌓아 두고, 옷 가게 주인은 가게의 셔터를 올리고 있다.

사료 가게 오늘쯤 올 것 같지 않아요? 에에, 오늘 아침의 날씨는……

옷 가게 저걸로 벌써 후련해진 거 아니야. 날씨가 좋아졌잖아. (셔터를 올리고, 아 — 아 하품을 하며 라디오 체조를 시작한다) 이 좋은 날씨는 당분간 계속될 것 같아, 나는.

사료 가게 당신은 옛날부터 태평해서 좋겠어.

미용사 안녕하세요, 안녕하세요. 오늘 벌써, 난 기절하는 줄 알았어요. 무서웠고, 무서웠고, 무서웠어요, 네. 정말, 잠깐 기절했어요.

사료 가게 그럴 리가 없잖아, 당신이.

미용사 어머, 어떻게 된 거야, 봐요 봐, 매니큐어가 벗겨졌어. 벌써 화장이 잘 안 돼요.

옷 가게 장사, 장사. 이런 날씨야, 신나게 한몫 잡자!! 이런 날씨에

는, 누구든지 사고 싶어져.

사료 가게 누구든지라니, 당신, 누구든지라니, 저어, 누군가도 그렇

게 생각할까?

옷 가게 좋다, 뭐든지 누구든지 다 팔아 주겠어.

미용사 나는 싫어. 이제 기절할 거 같아.

자동차 가게 주인, 차를 닦고 있다.

사료 가게 어이, 자동차! 소방차가 완성되었겠네.

자동차 가게 새 서장이 오는 날이니까. 점심 때까지 가지러 올 거야.

사료 가게 이걸로 안심이야, 전에 소방차는 한 번도 불이 나기 전

에, 지쳐서 푸석푸석해졌지.

옷 가게 경사스러운 일이지. 아니, 잠깐만, 빵집에서 한 번 불이 났

잖아. 맞아, 프랑스빵에서 연기가 났지.

빵집 그때는 소방관이 오기 전에 불을 껐어.

빵집 부인 당신, 이리오세요. 여기요, 다들 있으니까…….

루루와 엄마, 어설프게 밖으로 나온다.

엄마 처음 뵙겠습니다. 저어, 저는 새로 소방서에 온 히노 케타로
의 아내입니다. 이 아이, 루루라고 합니다.

미용사 자알, 부, 탁, 해, 요. 기다리다 지쳤어요.

엄마 잘, 잘 부탁해요.

루루, 미용사를 똑바로 보고 그 주위를 빙글빙글 돌면서 스커트를 잡아당
기고 있다. (흥미, 미용사에 집중)

사료 가게 아아, 알고 있습니다. 온 마을에서 기다리고 있었어요.
다행이다, 다행, 어이, 소방관 사모님이다, 어이, 소방관 도련
님이다.
우리 가게는 비료와 사료를, 알기 쉽게 말해, 먹이를 파는 곳
이지요. 애야, 뭔가 키워본 적 있니?

루루 (미용사에게 집중하면서) 네, 아빠와 엄마.

모두들 사료 가게 앞으로 모여든다. 루루, 미용사의 정강이 털을 만진다.

빵집 이쪽은 자동차 가게 주인이고, 이 수수께끼 같은 이가 카리
　　　　스마 미용사.

미용사 '아티스트'라고 말해 주세요!

빵집 이쪽이 옷 가게 주인, 쭉 저쪽이 세탁소 주인이고, 또 냄비
　　　　요리점 주인이에요.

엄마 (모두에게 고개를 숙인다)

루루 저어, 이 사람, 여자야? 남자야?

미용사 시끄러워. 난 여자가 아니야. 아니, 틀렸어, 난 남자가 아
　　　　니야.

빵집 도련님, 내일부터 도련님이 빵을 사러 오는구나.

빵집 부인 그야 당연하지, 우리 빵은 세상에서 제일이야.

빵집 먹으면 알 수 있어. 응응.

빵집 부인 기다리고 있을게. (모두 소근소근)

옷 가게 사모님, 뉴 패션, 전부 다 갖추고, 시즌마다 이탈리아 모드
　　　　에 파리 모드, 어떤 계절에도 딱 맞아요.

엄마 저어, 그 어떤 계절에도, 저어, 그 어떤 날씨에도 말인가요?

다들 흠칫 놀란다.

미용사   어머, 사모님, 털이 아파요.

사료 가게   마, 말도 안 돼요, 이렇게 풍광이 아름다운 곳은 세계 어디에도 없습니다.

자동차 가게   이봐, 무슨 영문도 모를 소리를 하는 거야. 어이 도련님, 이리 와 볼래?

        스포츠 카, 날씨 좋은 날에 지붕 올리고 붕붕, 갑자기 비가 와도… (루루, 물총으로 자동차 가게 주인을 쏜다)

빵집   왜 갑자기 비가 오지. (빵집 주인도 물에 맞는다) 앗, 비다.

미용사   아이쿠, 또. 아얏 아얏.

엄마   루루, 그만해. 미안합니다.

미용사   아.

빵집   사모님, 비는 절대로 갑자기 내리는 게 아니에요. 절대로.

엄마   그런가요?

빵집 부인   그래, 그, 그, 그렇고 말고요, 갑자기 폭풍우 같은 거 오는 일은 절대 없을 거예요.

빵집   절대 없을 거예요.

엄마   그런가요?

자동차 가게   당신 정말, 뭘 말하고 있는 거야?

사료 가게 당신, 목소리가 너무 커, 조심해, 들리면 어떻게 할 거야.

엄마 누가? 누가 들으면 안 돼요?

사료 가게 아니, 아무것도 아닙니다. 보세요, 파릇파릇한 목장. 산
      양도 닭도 유난히 동그랗게 생겼지요. (소근소근) 어쨌거나
      단련되어 있으니까요.

엄마 어째서 단련되어 있는 거예요?

옷 가게 당신, 입이 가벼우면 돈도 없다는 거야.

빵집 어쨌든 이곳은 세계 제일, 마을 전체가 일치단결하여 힘을
      합쳐 사이좋게 지내는 완전히 유토피아라고 할 만큼 평화롭
      고…….

루루 유토피아가 뭐야?

사료 가게 그것은 도련님, 천국과 극락이 결혼한 곳 같은 데라는
      거야.

루루 아저씨, 아니 아줌마, 결혼했어요?

미용사 정말 못된 아이네.

멀리서 덜컹덜컹 자동차 소리가 희미하게 들린다.

옷 가게 어, 어, 어, 이.

사료 가게 조, 조, 조용히.

빵집 틀렸어.

자동차 가게 자, 잘못 들은 거야.

덜컹덜컹 소리가 점점 가까워지고 있다.

사료 가게 여하튼, 사모님, 아, 아이를 집 안에 숨겨요. 빨리빨리, 반
드시 자, 자물쇠를 걸고, 커튼을 전부 치고.

엄마 왜, 왜요, 뭐가 와요, 누가 와요?

옷 가게 상관없어요.

빵집 조만간, 조만간, 알게 될 거요.

엄마 이상해, 분명히 이상해.

빵집 부인 사모님, 빨리, 어쨌든 이쪽으로.

빵집 주인, 엄마의 엉덩이를 밀며 무대에서 멋지게 사라지면서,

빵집 어이 도련님, 빨리빨리.

루루, 이상하다는 듯이 엄마의 뒤를 돌아보며 빵집 안으로 들어간다.

그 사이에 덜컹덜컹 소리는 점점 커진다.

노랫소리가 점점 커지면서 가까워진다.

아줌마   ♪ 오늘은 어쩐지 기분이 좋아

       하늘이 맑아

       구름 한 점 없어

       라 라 라

       날씨가 좋으면 기분이 좋아

       기분이 좋으면 날씨가 좋아

       나는 세상에서 가장 행복한 기분

       뭐든지 사고 싶어

       계속 쇼핑할 생각이야

       라 라 라

커다란 아줌마가 트럭을 타고 나타난다.

아줌마   ♪ 돼지 먹이도 떨어졌어.

닭 모이도 떨어졌어

딱 알맞게 설탕도 떨어졌어

마침 여름옷을 사고 싶을 때야

옷을 사면 신발도 사지

프라이팬에도 구멍이 났어

새 프라이팬에는 새 가루

베이킹파우더도 잊지 말고

아줌마 안녕, 오랜만이에요. 우리 돼지들에게 줄 좋은 먹이가 있을

까. (사료 가게 주인을 보고 빙그레 웃는다) 우리 집 돼지, 조금

이라도 더러운 게 있으면 먹지 않아요, 알고 있지요.

사료 가게 (부들부들 떨면서) 그건, 이미, 그건 이미, 이쪽으로 오세

요. 여기에 댁을 위한 특별한 먹이가 있습니다.

아줌마 그러네. 그 큰 자루 열 개, 차에 실어 줄래요?

사료 가게 물론, 물론이죠.

사료 가게 주인, 곁눈질로 아줌마를 힐끔힐끔 보면서 트럭에 사료를 싣

는다.

아줌마는 사료 장수를 빤히 본다.

아줌마   근데 잠깐, 당신, 오늘 셔츠가 왜 파란색이야? 나, 오늘 파란색 셔츠를 보고 싶은 기분이 아니야. 그 파란색 셔츠를 발기발기 찢어 버리고 싶은 기분이야. (아주머니의 눈이 이글이글 타오른다)

사료 가게 주인, 가게 문에 달라붙는다.
아줌마는 사료 가게 주인의 셔츠에 손을 댄다.
그러자 갑자기 우르릉 천둥소리가 난다.

아줌마   이렇게 갈기갈기 찢고 (천둥소리, 갑자기 멈춘다) 싶은 기분이 아니야, 오늘은. (갑자기 좋은 날씨) 쇼핑하고 싶은 좋은 기분이야.

사료 가게 주인, 안심한다.
아줌마, 큰 지갑에서 만 엔짜리 지폐 4장을 꺼내서.

아줌마　거스름돈은 필요 없어요. 구두쇠는 질색이야. (하고 말하며 가게를 나간다)

사료 가게 주인. 손수건으로 땀을 닦는다.

사료 가게　후웃. (기쁜 듯이 웃는다)

아줌마　어머나, 큰일이네. (돌연 뒤를 돌아본다. 사료 가게 주인, 흠칫 놀란다)

아줌마, 흠칫 놀라는 사료 가게 주인을 향해 눈을 부릅뜨고 성큼성큼 다가간다.

아줌마　나, 깜빡하고 닭 사료를 잊을 뻔했어요. (빙그레 웃는다. 안도하는 사료 가게 주인) 내가 깜빡한 이유는 당신의 둥근 안경을 보고 있었기 때문이야.

아줌마, 사료 가게 주인의 안경을 낚아채서 내던지고 한 발로 짓밟는다. 쿵 하고 한 발로 땅을 내려친다.

갑자기 소나기.

아줌마 발로 박살내고 싶은 기분이 아니야. 무척 기분 좋아, 오늘

은. (한 손으로 사료 가게 주인을 끌어당겨, 상냥하게 안경을 씌워

준다)

아줌마, 사료 가게 주인의 뺨에 키스.

소나기가 그치고 날씨가 화창해진다.

아줌마 칼슘이 듬뿍 들어간 좋은 닭 모이 일곱 자루 부탁해요. 꼬

끼오 –

사료 가게 주인은 트럭에 닭 사료를 나른다.

아줌마 얼마에요?

사료 가게 (두근두근해서) 5,500엔입니다.

아줌마 소비세는?

사료 가게 소비세는 서, 서비스할게요.

아줌마　난, 제대로 하고 싶은 기분이야, 알겠어요?

사료 가게　(부들부들 떨면서 계산기로 계산한다) 5,775엔입니다.

　　　아줌마, 만 엔짜리 지폐를 꺼낸다.

사료 가게　(잔돈을 줘도 되는지 어쩐지 몰라 우물쭈물한다)

아줌마　거, 스, 름. 돈.

사료 가게　네, 네, 네, 네에.

아줌마　나, 제대로 하고 싶은 기분이에요.

　　　아줌마, 이번에는 정말 성큼성큼 나간다.

　　　사료 가게 주인, 머리에 물을 뒤집어쓰고 탈탈 머리를 흔든다.

　　　아줌마의 차는 옷 가게 앞에서 멈춘다.

아줌마　(천천히 옷 가게에 들어간다) 올 여름에는 뭐가 유행할까?

옷 가게　(옷 가게 주인 무서움과 장사 사이에서 갈피를 잡지 못한다) 워,

　　　원피스입니까, 슈, 슈트입니까?

아줌마　슈트도 원피스도 잠옷도 앞치마도 블라우스도 스웨터도

전부 다 사고 싶어요. 오늘은 전부 다 사고 싶은 기분이야.
죄다 진짜 새로워지고 싶은 기분이야. (빙그레 웃는다)

옷 가게 주인, 큰 옷을 전부 가게에 펼쳐 놓는다.

아줌마 나 오늘은 빨간 옷을 입고 싶은 기분이에요. 빨간색은 건
강해 보여요. 그렇죠, 옷 가게 아저씨, 그렇게 생각지 않아요?

옷 가게 주인, 파란 옷을 숨기기 시작한다.

아줌마 하지만 말이야, 빨간 옷에 빨간 앞치마를 두르면 우체통
같아.

옷 가게 네네, 정말로 거대한 우체통 같지요.

아줌마 앞치마는 흰색이 나을까?

아줌마, 허리에 손을 대고 생각하고 있다.

옷 가게 그, 그렇군요. 나라면…….

아줌마, 옷 가게 주인을 힐끔힐끔 본다.

아줌마　당신이 나라면? (아줌마는 옷 가게 주인의 목덜미를 들어올리며) 이렇게 쭈글쭈글한 오이 같은 당신하고, 묵직하게 커다란 발로 땅을 밟고 있는 나하고, 그것이 어째서 '나라면'이 되는 건데 (옷 가게 주인을 빙빙 돌리자 밖에서 강한 바람이 분다. 아줌마는 옷을 툭 탁자에 놓고) 그런 기분이 들지 않아, 오늘은. 저어, 당신이 나라면 어떤 앞치마가 좋을 것 같아?

어느새 루루가 그늘에서 아줌마를 보고 있다.

옷 가게　이 빨간 양복에 딱 맞는 앞치마는 이거잖아요. 이거예요.

빨간색과 흰색 면직 체크무늬 큰 앞치마를 내민다.
아줌마, 휘둥그레 앞치마를 본다.
무심코 눈을 감는 옷 가게 주인.

아줌마　깅검 체크 천은 유치원 도시락 보자기용 아니야? 이런 유치한 걸 나한테 보여주는 거야? 약올라!

앞치마를 얼굴에 대고 울기 시작한다. 밖에는 비.

이윽고 다 잊고,

아줌마　어머나, 정말 색 배합이 좋네. 이걸 두르고 부엌에서 일하면, 누구나 내가 요리의 달인 줄 알 거야. (빙그레)

비가 그쳤다.

아줌마, 빨간 파자마, 빨간 스웨터와 스커트도 산다.

옷 가게 주인, 점점 기분이 좋아진다. 그래도 조금 움찔하면서.

옷 가게　나라면…… (열심히 장사. 아줌마, 휘둥그레 옷 가게 주인을 본다)

나라면, 잠깐 밭일을 하거나 돼지에게 먹이 줄 때에는 빨간 데님의 멜빵바지를 입겠어요. 활기차서 돼지도 채소도 원기백배가 될 수밖에 없는 거죠.

아줌마　어라, 잠깐만, 당신, 우리 집 돼지는 내 파란 작업복에서 먹이를 받아먹어야 살 수 있다는 거 알아? 줄곧 줄곧 그렇게 해 왔으니까. 돼지가 나를 모르면 어떡해? 계모가 왔다고 생각하지 않겠어. 계모라니, 계모라니.(훌쩍훌쩍 울기 시작한다. 밖에는 주룩주룩 장대비)

지금은 그럴 기분이 아니야. (차분히) 어머, 빨간 멜빵바지라니, 나 백년에 한 번도 생각한 적이 없어. 멋지다, 빨간 멜빵바지.(가슴에 대본다)

옷 가게 주인, 더욱 대담해진다.

옷 가게 (작은 소리로) 에이, 남자는 배짱이다. 목숨을 걸자.

(큰 소리로) 나라면, 그 멜빵바지 밑에 핑크 셔츠를 입겠어요. 그 멜빵바지에는 빨간색과 흰색의 가로 줄무늬가 없어요. 이거야, 해님이 서쪽에서 떠도 저는 의견을 바꾸지 않을 거예요. (머리를 부르르 흔들며 자신의 용기에 놀란다) (아줌마 목소리를 흉내 내며) 건방지게 구는 거 아니에요. 나의 셔츠는 조상 대대로 몇 백 년째 갈색이라고 결정되어 있어요, 라고. 내 목에 가라테 잽을 날려요.(휙) 목이 날아가요, 저쪽으로 (휙)

······ 아직 붙어 있다면.

아줌마　(빙그레) 빨간 가로줄 무늬네. 정말로 완전히 젊어지네. 물론 그것도 줘요. 나, 지금 젊어지고 싶은 기분이야.·이거 입고 갈게요.

옷 가게 주인, 아줌마를 탈의실로 안내한다.
아줌마는 중간에. 옷 가게 주인, 문을 잡고 있다.

아줌마　이렇게 작은 탈의실에는 못 들어가요. 어머나, 허리가 뻣뻣해졌네.

옷 가게　이, 이, 이 가게 전체가 손님의 탈의실입니다. 아무도 보지 않습니다, 이렇게 제가 문을 잡고 있을게요. 아무도 본다든지 하지 않습니다.

아줌마, 빨간 멜빵바지와 셔츠를 입고 탈의실에서 나온다.

아줌마　당신 정말 센스가 좋네.

옷 가게 주인의 얼굴을 꽉 잡고 들어 올려 키스를 한다.

많은 돈을 옷 가게 주인에게 건넨다. 옷 가게 주인, 그 돈을 세다가 깜짝

놀라 더 대담해진다.

옷 가게　헤이, 베이비. 이건 덤이에요, 받아요. (빨간 모자를 아줌마
에게 씌운다)

아줌마　헤이, 베이비가 나한테 하는 말이야? 태어나서 한 번도 베
이비란 오줌 같은 소리를 들어 본 적이 없어. 살려 둘 수는
없지. 내 나이를 알고 하는 소리야.

아줌마, 옷 가게 주인 위에 엎드려 있다.

밖에서 뭔지는 모르겠지만 덜컹덜컹 소리가 난다.

아줌마　나는 그런 기분이 전혀 안 들어. 어머, 고마워라. 너그러운
옷 가게 아저씨. 바이 바이, 베이비. (옷 장수, 허리를 꼿꼿이 세
운 채 돈을 센다)

아줌마, 빵집 앞에서 노래를 부른다.

아줌마 ♫ 어쩐지 기분이 뒤숭숭해

어쩐지 기분이 꼭 들어맞지 않아

온몸과 머리가 다 지끈지끈

아줌마, 머리를 흔들자 모자가 날아간다. 그러고 나서 머리를 쥐어뜯는다.

미용실을 알아차린다.

창밖을 내다보던 미용사, 안에서 우당탕탕 뛰어다닌다.

아줌마, 성큼성큼 창가로 다가가 들여다본다.

아줌마 여보세요, 여보세요. 있죠.

미용사가 집 안에서 뛰어다니는 소리.

미용사 오, 오늘은 정, 정기휴일~~

아줌마 거짓말.

미용사 엄마가 위독해서…….

아줌마 거짓말. 당신, 자신의 재능에 자신이 없는 거야. 내 머리를
내 기분에 딱 맞게 하는 센스가 없는 거야!! 예술가인 주제에.

미용사　뭐, 뭐라고 하는 거야, 분하다. 드, 들어와. 아, 안 돼, 들어
　　　　오면 안 돼. 부탁이야, 저리 가세요. ……할게, 할게, 서둘러
　　　　하면 되잖아.

아줌마, 미용실로 들어간다.

문이 닫히고 목소리만 들린다.

아줌마　뭘 꾸물대고 있어, 빨리, 서둘러 해.

미용사　머리를 감아요, 거기 앉아요. 틀렸어, 뒤로 향해서. (쪼르륵
　　　　물소리)

　　　　자, 이제 이 의자에 앉으세요, 아, 아, 마치 정글 같네요.

아줌마　정글을 꽃밭처럼 만드는 게 당신 일이잖아. 예쁘게 해줘요,
　　　　미인에게 딱 맞는 커트를 해 줘요.

　　　　뭐, 뭐, 뭐하는 거야, 그 커다란 가위로.

미용사　시끄러워요. 입 다물어요.

싹둑싹둑 소리가 난다.

아줌마　아, 아, 앗, 내 머리카락, 그, 그렇게 자르지 마. 싫다, 싫어.

미용사　움직이지 마요. 이 눈치 없는 인간. 저것, 좀 봐요. 난 천재
　　　　야. 봐요 봐, 아름다운 이 라인. (싹둑싹둑)

아줌마　우, 오.

밖에서 들여다보던 사람들이 펄쩍 뛰어오른다.

루루. 어느새 모두의 가운데 서 있다.

아줌마　우, 오.

조용하다.

아줌마　멋, 지, 다.

아줌마, 머리카락 일부를 초록으로 물들인 짧은 머리를 하고 나긋나긋 나

온다.

가게 앞에서 포즈.

미용사도 건성으로 나긋나긋 나온다.

미용사 (혼잣말로) 어쩌면 나, 아, 아, 눈치 없는 인간이라고 말하지

않았겠지.

빵집 말했어.

미용사 난, 천재, 아티스트야.

미용사, 벽에 기대어 우물쭈물하다가 떨기 시작한다.

아줌마, 빵집 앞을 지나간다.

빵집 주인과 빵집 부인, 가게 안에서 꼭 껴안고 있다.

루루의 엄마는 두리번두리번.

빵집 갔다.

빵집 부인 아줌마 갔어.

빵집 당신, 사랑해. 다, 다, 당신.

빵집 부인 어, 어, 언제나 사랑했잖아. 여, 여, 여보.

빵집 오늘은 특별히, 사, 사, 사랑해.

엄마 도대체 , 저게 누구예요?

빵집 뭐, 뭐요, 뭐.

빵집 부인   쉿.

루루는 아줌마의 뒤를 따라 걷고 있다.

아줌마, 머리를 흔든다.

아줌마   이렇게 예뻐졌는데, 어쩐지 기분이 좋지 않아.

  〰 헤이 헤이 알았다

      기분이 딱 맞지 않아서 그래

      차 색깔이 맞지 않아서 그래

      헤이 헤이

      새빨간 차를 타고 싶은 기분.

      나를 위한 새빨간 차

      나를 분명 기다리고 있지

      헤이 헤이

      헤이 헤이

      나를 위한 새빨간 차

      나를 위해 기다리네.

자동차 가게 주인, 그 노래를 듣고 펄쩍 뛰어오른다.

가게 뒤편에 덮개가 덮여 있는 소방차.

아줌마, 쿵쿵거리며 가게 안으로 들어온다.

아줌마 네, 안녕하세요.

자동차 가게 네, 안녕하세요. (말하고 나서 깜짝 놀란다)

아줌마 나를 기다리고 있는 내 차는 어디에 있나요?

자동차 가게 내가 우유 장수라면 "이 멍청아, 우유 장수가 갖고 싶은 차는 우유 장수밖에 모르지. 네 머릿속까지 우유로 새하얗게 되어 버렸냐, 너 자신의 일은 스스로 생각해."라고 말하겠지만요.

아줌마 어이쿠, 그래. (아줌마가 손가락을 딱딱 튕기며 다가온다) 그럼 네 머리를 둘로 쪼개서 조사해 볼까, 딱 절반으로 쪼개진 머리에서 뇌와 함께 차가 데굴데굴 굴러 나올지도 몰라.

자동차 가게 오, 오늘은 말이에요, 아까부터 기다리고 있었어요, 내, 내, 내 귀가, 당신의 차를 고, 고, 고물상의 차라고 착각할 거 같아요?

아줌마 뭐가 다른데.

자동차 가게   저, 저, 저어. 완전히 똑같아요. (공포에 질려서) 아하하 하하.

아줌마   하, 하, 하하. 역시, 내 자동차 가게 주인이네. 내 기분은 알겠지.

자동차 가게   (작은 목소리로) 당신 기분은 하느님도 모를 거야. (공포에 질린 채) 아하, 하 하, 알았어요. 차는 제게 맡겨 주세요.

아줌마   후후후. 귀여운 꼬맹이. 내가 뭔가를 남에게 맡긴 적이 있다고 생각해?

자동차 가게   (십자가를 그리며 독백) 아버지 어머니, 좀 봐주세요. 정말 효도할 생각이었어요. 아무튼 나는 열여덟까지 여드름이 낫지 않았으니까요. 소심한 겁쟁이에요. 오, 오늘 너무 무서워서, 겁대가리가 없어져서, 오늘을 마지막으로 목숨을 잃을 거예요. 아멘. (큰 소리로) 그야, 냄비, 솥 사는 것과는 경우가 다르지요. 차라면 제게 맡기라는 뜻이에요. 용서해 줘요, 어머니, 아멘.

아줌마   어머, 오늘은 당신과 마음이 잘 맞을 것 같아.

자동차 가게에 눌러앉는다.

아줌마　뭐 하는 거야? 나랑 같이 차를 찾고 있는 거 아니야?

자동차 가게 주인을 들어 올렸다 땅에 내려놓는다.

자동차 가게　알았어요. 우선 이 카탈로그를 봐 주세요.

아줌마　알죠, 나에게는 새빨간 차가 딱 맞는다고, 생각해요, 새빨간 트럭이 있을까?

자동차 가게 주인, 어색하게 로봇처럼 걸어 나간다, 가게 밖으로.

아줌마, 눈을 크게 뜨고 두 다리를 쭉 벌리고 팔짱을 낀다.

자동차 가게 주인, 빨간 수레를 끌고 와서 아줌마 앞을 지나간다.

아줌마　이봐, 난 어린애가 아니야. 엔진도 없는 차로 눈 놀이나 하라고?

자동차 가게 주인, 덜컹덜컹 수레를 끌고 무대를 지나간다.

아줌마, 오른손을 움켜쥐고 왼손으로 쾅쾅 내리친다.

손가락도 딱딱 소리가 난다.

자동차 가게 주인, 소방차 앞에서 엉덩방아를 찧고 쓰러진다.

덮개가 벗겨져 소방차가 훤히 보인다.

아줌마　우아 ─ .

자동차 가게 주인, 히죽히죽 웃음이 멈추지 않는다. 자신의 얼굴을 손으로 가린다.

아줌마　와우, 이 새빨간 차, 지금까지 본 적이 없어. 정말 멋지다, 정말 멋져. 내 기분하고 딱 맞아.

아줌마, 달려가서 호스를 꺼낸다.

아줌마　양배추 밭에 이걸로 물을 줄 거야. 다섯 시간 일하던 게 십오 분. 야호! 게다가 비처럼 보기가 좋네. 아주 멀리까지도 물이 닿으니까 말이야.

자동차 가게 주인, 빙그레 웃으며

자동차 가게 (작은 목소리로) 나는 제 정신이 아니야. (큰 소리로) 우리, 우리, 사다리를 늘려 봐요. 아멘. 손님네 엄청나게 큰 굴뚝 청소라도, 아침 먹기 전에 금방 해요.

아줌마, 호스를 든 채로 천천히 다가온다.

아줌마 왜 내가 아침 먹기 전에 굴뚝 청소를 하는 건데. 왜 이 멋진 새빨간 멜빵바지를 아침 먹기 전에 새까맣게 만들어야 하는 건데, 에잇! (바깥, 갑자기 어두워진다) 그럴 기분이 아니라는 걸 알면서 말이야. (몸을 꿈틀꿈틀 움직인다. 바깥이 밝아진다) 아무튼 멋지다. 저 큰 집의 저 큰 굴뚝에 박새가 둥지를 틀고 있어. 꿰뚫어보고 있네, 대단해, 자동차 가게 아저씨. 귀여워라.

아줌마, 커다란 손으로 자동차 가게 주인의 뺨을 쿡쿡 찌른다.
자동차 가게 주인, 펄쩍 뛰어오른다. 얼굴은 웃고 있으면서.

자동차 가게 (뺨을 살며시 만지며) 구, 구, 구멍이 났을지도. 구멍이.

(빨간 수레를 가리키며) 이것이 보이지 않아요, 멍청이 같으니라고. 이것에 수… 확한 양배추를 얹는 거죠.

아줌마, 눈을 크게 뜨고 고개를 끄덕인다.

아줌마   양배추의 초록과 이 빨간색이 마치 떠들썩한 축제처럼 보이지 않아?

자동차 가게   (작은 목소리로) 보여요.

아줌마   양배추만 있는 게 아니네, 여기 싣는 건. 가끔 우리 집 돼지도 드라이브 가고 싶을 때도 있지 않을까. 지금 내 차로는 우리 집 귀여운 돼지도 기분이 별로잖아.

자동차 가게   (큰 소리로) 게다가 여기에 딱 맞는 자유롭게 떼었다 붙였다 할 수 있는 덮개가 있어요. 비가 와도, 날씨가 나쁠 때도, 해님의 기분에 달렸지요. 이 세상은 모두 한 치 앞이 캄캄합니다.

자동차 가게 주인, 말하고 나서 두 손으로 입을 막는다.

아줌마　해님의 기분에 따라……. 이 세상 모든 게 한 치 앞은 어
　　　둠…….

　　　아줌마, 두 손을 들어 자동차 가게 주인의 어깨를 힘껏 내리친다.

아줌마　정말로 이 세상은 내 기분에 달려 있지. 후후후, 내 돼지 기
　　　분도 중요하고.

　　　자동차 가게 주인, 어깨를 들썩인다.

아줌마　내 밭의 감자라도 기분은 중요해.

　　　확 손을 놓는다.

아줌마　얼른 이 멋진 차를 타고 집으로 갈 거야.

　　　차의 나팔을 알아차린다.

아줌마   어머, 이 귀여운 나팔은 뭐죠?

자동차 가게 주인도 처음으로 나팔 소리를 듣는다.

자동차 가게   (독백) 이, 이, 이건, 새 서장님이 오시니까 특별히 주문
한 소방차였어. 어, 어, 어떻게 하지.

아줌마   저어, 이 나팔은 뭐에 쓰는 거야?

자동차 가게   그, 그건, 말도 안 되는 기분일 때 거기 작은 점을 누르
는 거예요, 가슴이 뻥 뚫리는 사이렌이 울리는 거죠.
(작게) 어떡하지, 마을의 소방차가 없어졌네.

아줌마   나 지금 기분이 너무 이상해. 잠시, 그 작은 점을 눌러보고
싶은 기분이야.

자동차 가게   (작은 목소리로) 말, 말도 안 되는 소리야. 그걸 누르면
마을 전체에 큰 소동이 일어난다고. (어조를 바꾸어 큰 소리로)
이제 이건 당신 거예요. 원할 때, 원하는 만큼 누르면 돼요.

아줌마, 집게손가락으로 작은 점을 누른다.

사이렌 소리.

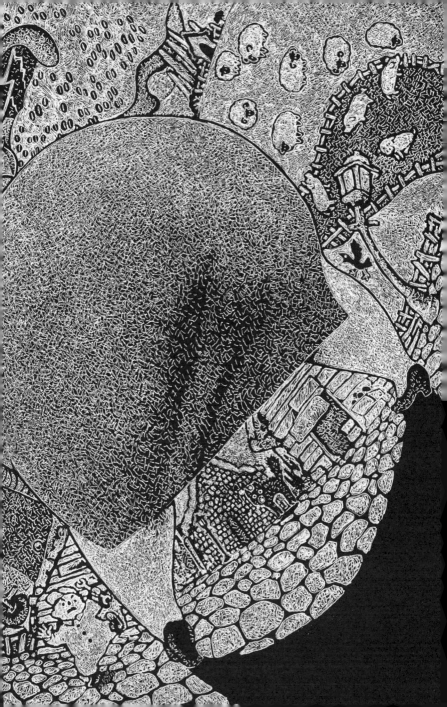

제3경 마을의 큰길

온 마을 사람들이 뛰어 모여든다. 냄비요리집 주인, 세탁소 주인, 꽃집 주인, 술집 주인, 그리고 소방서장과 촌장.

냄비요리집   (귀를 기울이며) 혹시, 그거, 화재일까?

세탁소   화재다, 화재야.

꽃집   화재가 어디야, 냄비요리집?

냄비요리집   화재가 어디야, 좋았어, 내게 맡겨.

세탁소   뭐라고?

술집   빵집일 수도 있어. 10년 전 화재도 빵집이었고.

세탁소   왜, 왜냐하면 아까부터 저쪽에, 그거, 뭐, 뭔가 와 있어. 나는 싫어.

냄비요리집   화재일까, 어, 피가 끓네. 뭐, 저 사람도 저쪽에 와 있잖아. 저 사람도.

세탁소   난 화재가 싫어. 근데 저쪽의 사람이 더 무서워.

냄비요리집 (분열된 기미로) 화재가 나면 피가 끓어. (오른손을 들어) 하, 하, 하지만, 저 사람은 몸이 얼어붙지. (왼손 흔들흔들)

술집 그러니까 자⋯⋯.

서장 뭐하고 있어요, 출동 준비.

냄비요리집 소방서장님은 오늘 처음이라 그렇게 말씀하시지만, 밥보다 좋아하는 화재지만, 나도 싫어요. 뭔가 오고 있어요, 뭔가. 아아, 피가 끓는 거 같아.

세탁소 촌장님! 말해 주세요. 뭐가 오고 있는 건가요!

촌장 소방서장님, 이 마을의 역사가 시작된 이래 최악의 사태가 벌어졌습니다. 심, 심, 심각한 사태입니다.

서장 무슨 소리예요. 심각한 사태는 화재입니다. 자, 모두 출동합시다.

냄비요리집 촌, 촌장님, 어, 어떡해요?

촌장 (모두를 말리며) 침착해요! 침착해⋯⋯.

서장 (큰 소리로) 침착하지 마!

냄비요리집 오, 오, 오, 내 남자가 울고 있어요. 우왓.

세탁소 나는 싫어요.

꽃집 아이들, 한입에 잡아 먹힌다구요!

술집　싫어, 싫어. 절대 싫어.

서장　출동하라-!

촌장　(하늘을 향해 손을 모으고) 오오 하느님! 일생일대의 용기를
　　　주십시오. (모두에게) 아무쪼록 마을을 위해 목숨을 걸어 주
　　　십시오.

세탁소　화재와 무엇인가 중에 어느 쪽에 목숨을 거나요?

냄비요리집　촌장님…….

촌장　양쪽 모두에게 말입니다.

마을 사람들　그런 빌어먹을 일이!

촌장　우리 마을을 모두가 힘을 모아 지킬 때가 된 것입니다.

세탁소　그게 무리라는 거죠.

냄비요리집　화재 때문이라면 목숨 한두 개 아깝지 않아요. 하지만
　　　저 사람은 싫어요, 저 사람은 곤란해요.

꽃집　도대체 화재는 어디야.

술집　어딘가 불타고 있는 거지!

서장　촌장님, 뭘 꾸물거리고 있어요. 그런데 왜 소방차가 저쪽으
　　　로 가서, 저쪽에서 울리고 있는 거죠. 아무튼 다들 양동이에
　　　물을 담아 사이렌이 울리는 쪽으로 모여요!

촌장　마을을 지켜야 합니다. 마을을 구해야 합니다.

냄비요리집　알았습니다. 일단 가 봐요. 자, 가요.

세탁소　어떻게 하지? 어떻게 해?

　　　　우왕좌왕 왔다 갔다 하다가, 모두 양동이를 들고 한 방향으로 달려간다.

꽃집　어느 쪽이야!

술집　촌장님!

서장　먼저 불부터 꺼요!

냄비요리집　화재와 뭔가는 따로따로겠지?

세탁소　함께라면 어떻게 하지. 큰일이다!

꽃집　어쩌면 좋지!

술집　당신, 어떡하지.

서장　먼저 불부터 꺼요.

냄비요리집　아무튼 가요. 뭐, 갑시다.

세탁소　큰일이다! 큰일이다!

꽃집　화재다, 화재야.

술집　화재다, 화재야.

제4경 가게가 즐비한 마을 거리

왱 - 왱 - 왱 - 사이렌 소리, 계속 울린다.

아줌마   알았다, 잘, 알았어. (고함친다. 귀를 막는다) 누군가, 이 시끄

러운 소리를 멈춰 줘요.

마을 사람들   이쪽이다, 이쪽이야! (사이렌이 계속 울리고 있다)

마을 사람들이 양동이를 들고 모여든다.

자동차 가게 주인, 사이렌을 멈춘다.

마을 사람들, 아줌마를 보고, 다들 슬금슬금 뒤로 물러간다.

소방서장과 촌장만 남는다. (촌장은 책임감에서, 소방서장은 아무것도 몰

라서)

촌장은 부들부들 떨며, 두 손으로 얼굴을 누르고 있다.

아줌마는 멍하니 하늘을 보고 있다.

촌장, 얼굴을 누른 손가락 사이로 아줌마를 보며,

촌장 앗, 앗, 멍하니 계시네. 멍하니 있을 때가 가장 무섭대요. 할아버지가 그러셨어요. 처음으로 실물을 보게 되었습니다. 저는, 벌써, 30년째 촌장을 하고 있습니다. 폭풍도 폭설도 있었습니다. 75일의 장마도 있었습니다. 실물의 기분 괴물. 앗, 살아 계시네. 멍하니, 멍하니 계시네. 새빨개져서 소리를 지를 때의 기분은 아직 안심이라고 합니다. 폭풍이나 홍수 정도라고 해요. 멍하고 조용할 때 다음에는 어떤 기분이 될지 모르겠어요. 자신도 모르니까 멍하게 계시는 거니까. 아아, 아마겟돈일지도 모르겠어요. 이런 우리 마을의 긴 역사에서 마지막 시간일지도 몰라요. 하필 내가 촌장일 때라니. 오, 하느님.

촌장은 무대 끝 쪽.

한가운데서 멍하니 하늘을 바라보고 있는 아줌마.

소방서장은 조금씩 자동차 가게 주인 쪽으로 다가간다. 그는 아줌마의 무서움을 모른다.

서장 어이, 도대체 왜 그래요, 어이. 이 소동의 원인을 설명해 봐요.

자동차 가게   뭐, 아무것도 아니에요. 잠깐 장사하던 중인 걸요.

서장   도대체 이 새빨갛고 덩치 큰 여자는 뭐예요? 이렇게 큰 여자
가 들어가는 집이 이 마을에 있나요? 어이!

촌장, 실신. 자동차 가게 주인도 비틀비틀 쓰러진다.

꽃집   촌장님, 큰일 났네.

술집   촌장님 정신 차려요! (촌장을 데리고 가게 안으로)

서장   (자동차 가게 주인에게) 이봐, 도대체 뭘 판 거요?

아줌마, 꿈에서 깨어난 것처럼

아줌마   뭐라고 해도, 뭐라고 해도, 이 멋진 차를, 이, 이 내가 샀어.
내게 딱 맞는 차야. 당신 좀 만져 봐.

소방서장, 깜짝 놀라.

서장   이, 이건 내가 주문한 신형 소방차.

아줌마 나, 빨리 이거 타고 집에 가고 싶은 기분이야. 빨리 자동차

값 계산해 줘요.

자동차 가게 이 차는 공짜예요, 벌써 촌장님이 지불해 주셨어요.

아줌마 어머, 꿈만 같다. (소방차에 탄다) 갈게요. …… 어머, 큰일!

내가 산 물건, 전부 실어 줘요.

마을 사람들, 시키는 대로 앞다투어 아줌마의 짐을 차에 싣는다.

자동차 가게 네, 뒤로. 출발.

서장 기다려, 기다려, 기다려 - .

마을 사람들은 모두 숨어 버린다.

제5경 마을 광장

아줌마의 차 소리는 점점 멀어진다.

마을 전체가 고요하다.

작은 새가 츠빗츠빗 운다.

문 덜컹거리는 소리. 창문 여는 소리.

모든 것을 그늘에서 보고 있는 남자 아이

아이A의 목소리　엄마, 이제 나가서 놀아도 돼?

냄비요리집　갔나?

세탁소　이제 괜찮겠지.

두 사람, 자동차 가게 주인을 한 손으로 끌고 가다 멈춰 선다.

자동차 가게 주인, 비위를 맞추려고 얼굴에 미소를 띤 채.

다들 나온다.

양동이를 들고 있는 사람도 있다.

꽃집 촌장님 의자, 촌장님 의자.

빵집 네네, 촌장님. (의자에 눕히고 부채로 부친다) 촌장님, 이제 괜찮아요.

자동차 가게 주인의 뺨을 후려치는 빵집 주인.

사료 가게 불쌍하게도 자동차 가게는 완전히 정신이 나갔어.

빵집 정신 나가는 게 당연하지. (자동차 가게 주인에게) 어이, 어이, 당신 잘했어, 대단했어.

옷 가게 우아! (울기 시작한다) 나도 대단했어. 생각하면 죽을 것 같아. (부들부들) 게다가 이렇게 많이 벌다니, 무서웠어. 우왕!

냄비요리집 알아, 알아. 실컷 울어.

냄비요리집, 큼직한 프라이팬을 안고 있다.

세탁소 어쩌면 우리 집에도 왔을 수 있는데, 나만 운이 좋아서 미안해. (울기 시작한다)

미용사 당신, 당신, 당신만 울지마. (라고 말하면서 울기 시작한다) 나도······.

촌장, 기절했다 깨어나 콤팩트를 보고 화장을 고친다.

이윽고 촌장의 위엄을 되찾으려 하지만

촌장 촌장의 책임입니다. 그것은 촌장인 저의 책임입니다.

아이들, 어른들이 울고 있으니 즐거워 어쩔 줄 모른다.

아이들 (목소리를 맞추어) 어른은 울면 안 돼요. 어른은 울면 안 돼
요.

울고 있는 어른들 주위를 춤추며 돌아다닌다.

소방서장, 허둥지둥 돌아온다.

서장 도대체 뭐요. 이, 이, 이 마을 소방차는 어떻게 된 거요. 소방
서장의 책임에 있어서, 단호하게 나는 저 거대하고 새빨간
여자에게서 되찾아올 책임이 있소. 불이 나면 도대체 어떻게

할 거요?

다들, 점점 더 울고 있다.

빵집 되, 되, 되찾아요, 어떻게.

촌장 그건 할 수가 없습니다.

마을 사람들 그럴 수 없는 거죠.

서장 할 수 없다니요? 말도 안 돼! 그건 강도나 마찬가지가 아닌가요? 그저 새빨갛고 거대한 여자 아닌가요.

마을 사람들 쉿!

촌장 그저 새빨갛고 거대한 여자가 아닙니다.

서장 괴물인가.

마을 사람들 쉿……. 쉿!

촌장 괴물 이상입니다. '기분'입니다. 세상에 '기분'만큼 무서운 건 없습니다. 모든 날씨는 '기분'의 기분에 따르니까요. 아시겠어요?

미용사 아시겠어요?

서장 저 거대한 여자, 어디 살아요?

촌장 저 언덕 위에

서장 언제부터요.

촌장 옛날, 옛날부터요.

서장 그럼, 도대체 몇 살이에요?

촌장 이백 살일지도 몰라요. 삼백 살일 수도 있어요.

서장 어떻게 해야 할지 모르겠네.

촌장 화를 내지 않으시면……, '기분'의 기분이 좋을 때면, 참으로
멋진 바람이 불고, 하늘은 반짝반짝, 정말 이곳은 멋진 곳입
니다. 이 마을은, 보십시오……, 하지만 언제 기분이 나빠질
지 아무도 모릅니다. 무엇에 화를 내는지 아무도 모릅니다.

자동차 가게 언젠가, 부슬부슬 비가 75일 계속 온 적이 있었지요.

서장 그건 기분이 어떨 때예요.

빵집 뭔가 꽤 짜증나는 게 있었겠죠.

빵집 부인 아니요, 꽤 슬펐는지도…….

촌장 덕분에 제 류머티즘이 완전히 나빠졌지요. 어쨌든, 요컨대,
그렇다면…….

서장 소방차…. 소방차가 없는 소방서의 소방서장은 어떻게 하면
좋을까요?

촌장 의회를 열게요. 긴급 의회를 소집하여 긴급하게 지금부터 여러 문제를……

러 문제를…….

서장 여러 문제가 아니요, 소방차요, 소방차…….

제6경 학교 가는 길

루루, 배낭에 물병을 갖고 나온다.

마을 아이들이 반대편에서 학교 갈 채비를 하고 여럿이 우르르 걸어온다.

루루 안녕.

아이A 아아, 너, 소방서장님네 아이지?

아이B 오늘부터 전학생이야. 같이 학교에 가자.

루루 난 학교 같은 데 안 가. 그럴 시간이 없어.

아이A 야, 우리는 한가해서 학교 가는 거니?

아이B 실은 나도 학교에 갈 시간이 없어. 낚시하다가 그만두고 왔
는 걸.

아이C 바보 같아. 우리가 학교에 가지 않으면 엄마 아빠의 한가한
시간이 없어지잖아. 아이들 돌보느라 바빠서. 게다가 우리가
학교에 가지 않으면 학교 선생님이 한가해지잖아.

아이B 그런데 너, 학교에도 안 가고 어디 가?

루루　어디든 상관없잖아. 굉장히 좋은 곳.

아이A　혼자서?

루루　응.

아이D　얘, 쩨쩨하네. 자기 혼자 몰래 재미있는 거 하려는 거야.

루루　그럼 같이 갈래?

아이A　갈 수가 없잖아. 우리 학교 간다니까. 학교 안 가면, 시집 못 간다니까.

루루　난 시집 갈 생각 없어.

아이C　얘, 바보 아니야. 남자인 주제에. 가자, 가자, 선생님한테 일러 줄 거야.

아이D　바이, 바이. (아이들 간다)

루루　저어, 난 말이야, 저 소방차 아줌마네 집에 가는 거야.

아이들　뭐어, 그 기분 괴물의 집?

아이A　거짓말-.

아이B　죽으려고.

아이D　아빠나 엄마한테 일러 줄 거야.

아이C　그런 사람, 지금까지 한 사람도 없었어.

아이D　어른도 없었어.

아이A 아줌마가 보지 못하게 아이들은 모두 집 안 벽장 안에 숨어
        야 해.

아이B 아이들 중에 아줌마 본 아이는 없어.

루루   난, 봤어.

아이A 에이, 거짓말 - .

아이B 무서웠니?

아이C 꿀꺽꿀꺽 잡혀 먹지 않았어?

아이D 도깨비보다 무서운 얼굴을 하고 있지?

루루   응? 글쎄.

아이A 왜냐하면, 나쁜 사람이야.

루루   재밌고 무서웠어. 게다가 두근두근 했는 걸.

아이B 뭐 하러 가.

루루   좀 놀러.

아이들 에이, 거짓말 - .

아이A 아니야. 얘, 소방서장님네 애야. 아까 아줌마가 소방차 가
        져갔잖아.

아이B 소방서장님 꼴사납잖아. 그래서 아버지의 원수를 갚으러
        집으로 가는 거야.

아이C   너, 아줌마한테 소방차 돌려달라고 부탁하러 가는 거 아니야?

루루   틀렸어. 그냥 놀러 가는 거야.

아이A   얘는 아무것도 몰라. 아무것도 모르니까 아무렇지 않은 거야.

아이C   무서운 줄 모른다는 건 이런 애를 말하는 거야.

루루   에이 근데 나 봤어. 무섭지는 않아. 가슴이 두근두근 했는 걸.

아이B   너, 센 척하고 폼 잡는 거지?

루루   이 길로 쭉 가면 아줌마네 집이겠지.

아이C   그, 그, 그랬나?

아이D   틀렸어.

아이A   몰라.

루루   역시 그렇구나. 저 구름에 가려진 곳이지.

아이D   틀렸어.

루루   그렇구나. 그럼, 난 갈게. (라고 말하고 떠난다)

아이B   소방서장님 책임이 아니야.

아이C   돌아와.

아이A   무리할 거 없잖아!

아이B   꺄, 잡아먹힐 거야.

아이C   갈가리 찢길 거야.

아이D   폭풍이 되어 홍수가 날 거야.

아이A   이미 구름이 좀 일고 있는데! 싫다-!

아이 B   가자, 가자. (간다)

제7경 언덕 위의 아줌마네 집

아줌마, 지붕에 소방차 사다리를 걸어 굴뚝 안의 작은 새를 꺼내 하늘로
풀어 준다.

아줌마 이제 오지 마. (잠시 배웅한다)

이건 정말 멋지고 편리한 물건이구나.

빨래 바구니에서 빨래를 꺼내 소방차 사다리에 넌다.

잠시 빨래를 보고. 차를 준비해서 테이블에 늘어놓는다.

아줌마 아이고, 이런이런. 오늘은 정말 바쁜 날이었네. 알차네. 아
아, 기분 좋다.

크게 기지개를 켠다.

나비 두 마리가 팔랑팔랑 날아와 아줌마의 두 어깨에 앉는다.

아줌마 (기쁜 듯이) 이런, 잠깐, 너희들 부부니? (나비들, 팔랑팔랑 날

개를 움직인다) 나는 혼자야. 노닥거리지 않았으면 좋겠어.

아줌마, 일어나서 두 어깨를 흔든다.

나비들, 오른손에 엉켜 있다가 사라진다.

루루, 언덕을 올라와서 땀을 닦으며 나무 그늘에서 몰래 보고 있다.

아줌마 나도 옛날에는 남편이 있었어. 야무지고 착한 남자로, 상냥

하고 부지런한 일꾼으로, 옆얼굴에 이렇게 사라락 앞머리가

흘러내렸어.

개구리가 폴짝폴짝 뛰어와서, 아줌마 앞에 있는 의자에서 뛰어올라 테이

블에 올라온다.

아줌마 아이고, 개구리야.

또 한 마리 작은 개구리가 나와서, 역시 테이블에 늘어선다.

아줌마　너희들은 부모자식 사이야? 음, 부모자식이구나. 차는 안 준다. 이 차는 특별한 사람을 위한 거니까. 잠깐 쉬면서 둘이서 강물이라도 마시렴.

루루, 나오려다가 그만두다가…….

개구리, 두 마리가 **폴짝폴짝** 뛰어간다.

아줌마　나도 아기가 있었는데. 보드랍고 좋은 냄새가 나는 아기였는데.

조용하고 슬픈 노래

　♩ 나는 젊은 엄마이고
　　멋진 젊은 아빠와 함께
　　정말 행복한 날들이었어요.

　　어느 날 젊은 아빠는 총을 들고
　　군인이 되었지요

가지 마요

가지 마요

매일 활과 화살이 날아와서

우리 엄마 우리 언니

죽었어요

죽지 마요

죽지 마요

매일 총알이 날아와서

옆집 할아버지와 여자아이

불타서 강으로 흘러갔어요

많은 사람이 죽었어요

아기 안고 나는 도망쳤어요

죽은 사람이 산더미처럼 쌓이고

달도 뜨지 않는 밤

검은 숲을 헤매고

넓은 들판을 가로질러

먹는 것도 나뭇잎

겨우 이 언덕 위까지 도망쳐 왔어요

다리는 피투성이, 진흙투성이

하지만 아기는 죽었어요

배고파서

죽었어요

죽으면 안 돼요

죽으면 안 돼요

아줌마, 흐느껴 운다. 조용히 흐느낀다.

주위는 푸른 안개.

루루, 살며시 나와 아줌마의 등을 어루만진다.

루루 ⌒ 울지 마요

　　　울지 마요

아줌마 ⌒ 슬플 땐 울고 싶어요

조금만 더 울게 해 줘요

몇 십 일 동안 흐느껴 울어

부슬부슬 비가 계속 내리고

흐느낌이 얼어붙은 날

나는

멍하니 먼 곳을 바라봐요

꼼짝도 하지 않고

보이지 않는 먼 곳을 보고 있을 뿐

눈이 펑펑 내리고 있었어요

언제까지나

언제까지나

눈이 펑펑 내리고 있었어요

루루 ⌒ 울지 마요

울지 마요

아줌마, 조용히 고개를 들어 루루를 알아본다.

아줌마 아아 아가야. 이렇게 컸구나. 아아 아가야. (안는다)

루루 나, 아가 아니에요. 루루예요.

아줌마, 루루를 떼어놓고 찬찬히 바라본다.

아줌마 너 누구야? (눈물을 닦으며)

루루 그러니까 루루.

아줌마 어디서 왔니?

루루 아랫마을.

아줌마 뭐 하러 왔니?

루루 놀러. (물총 발사)

아줌마 혼자서?

루루 응, 혼자서. (물총 발사)

아줌마 아아, 아이 같은 건 몇 백 년 동안이나 못 봤어. 아랫마을에 가서도 아이 같은 건 본 적이 없어.

룰루 아줌마가 오면 애들은 다 숨어 있다던데요.

아줌마 왜?

루루 아줌마, 애 잡아먹어요?

아줌마 내가?

루루 근데, 애들 고기, 맛있어요?

아줌마 왜 내가 그런 걸 먹어?

루루 뭐, 안 먹는 거예요?

아줌마 넌, 먹고 싶은 거니?

루루 맛있는 건 줄 알고.

아줌마 그럼, 네 발이나 먹어 보렴.

루루 싫어, 아픈 걸.

아줌마 이상한 아이구나. 뭐 하러 왔다고?

루루 그러니까, 놀러 왔어요.

아줌마 누구랑 놀 작정인데?

루루 아줌마랑. 아, 사실은 거짓말. 저 소방차랑 놀게 해 줄래요?

아줌마 제법 넉살이 좋네. 저건 아무도 만지지 못해.

루루 근데 저 호스, 물이 뿜어져 나오겠죠.

아줌마 글쎄, 그건 그렇고. (하며 루루의 물총을 본다)

루루 그럼, 저 사다리차, 사실은 더욱 더 높이 뻗는 거죠?

아줌마 후후후. 글쎄.

루루 아줌마, 저 위에 올라가 보고 싶지 않아요?

아줌마   하하, 그런 이유야? 그럼, 사다리 꼭대기에서 뭘 하고 싶
니?

네가 돌아가면, 나, 올라가 놀 거야.

루루   네에, 그러면 구름 위에서 얼굴을 내밀 수 있을 거예요.

아줌마   헤에, 그야 그렇지.

루루   그래서 오줌 싸면 마을 위에 오줌 떨어져요?

아줌마   지저분한 아이네. 나는 그런 나쁜 짓을 해 본 적이 없어. 역
시 만지지 못하게 해야지.

루루   쩨쩨해!

아줌마   쩨쩨해도 괜찮아!! (새빨갛게 되어 화낸다)

번개.

루루   나도, 나도, 번개 치고 싶어.

아줌마   무리야. 백 년이나 일러, 하하하.

루루, 빙글빙글 돌아다닌다.

루루　저기, 아줌마. 제자로 받아줄래요?

아줌마　어, 무슨 제자?

루루　그러니까 비 내리게 하거나, 눈 내리게 하거나.

아줌마　나야 특별히 하려고 한 게 아니야.

　　　　일부러가 아니야. 자연스럽게 그렇게 된 거뿐이야.

루루　그럼, 나도 자연스럽게 되고 싶어요.

아줌마　진짜 이상한 아이구나.

루루　그럼, 비만, 그냥 비만.

아줌마　이렇게 작으면, 슬픈 일 따위는 알지도 못하겠지.

루루　에이, 알아요. 아는 걸. 강아지 존이 만약에, 내가 고집을 부
　　　　려, 저번에 고기가 붙은 뼈를 이웃집 토마토한테 준 것을 들
　　　　키고, 그래서 존이 화가 나서 가출하고, 자꾸자꾸 가출하고,
　　　　그래서 집을 잃고 돌아오지 않는다면……. (울기 시작한다)

루루 주위에 작은 구름이 뭉게뭉게 피어나고 작은 비가 내린다. 루루. 점
점 슬퍼진다.

아줌마　그다음엔?

루루 존이 집을 잃어 돌아올 수 없어서, 그래서 강을 건너서 돌아
오려고 생각했는데, 떠내려가서, 붙잡았던 나무가 부러져
서… (진심이 되어 버린다) 으앙.

아줌마 이거, 진심이구나.

루루, 흐느껴 운다.

아줌마 울지 마라, 자 (안아 올리며) 울지 마라. 누군가 슬프면, 난
매우 괴롭단다.

루루 존이…….

아줌마 괜찮아, 괜찮아.
　　　⌒ 멍 멍 멍 멍
　　　　다녀왔어요 다녀왔어요
　　　　도련님, 잠깐, 아주 잠깐
　　　　모험했어요

　　　　멍 멍 멍
　　　　다녀왔어요 다녀왔어요

도련님

봐, 존이 돌아왔네.

루루　진짜네, 하하하, 다행이다!

아줌마　하하하 정말 다행이다.

해님 반짝반짝.

루루, 능청스럽게 소방차를 본다.

그리고, 호스로 달려간다.

루루　자아, 이걸로 큰 비를 내려 봐요.

아줌마　끈덕진 아이네. 이건 절대 안 돼. 내가 가장 좋아하는 거야.

루루, 더욱 능청스럽게,

루루　우리 아빠, 소방서 서장님이에요.

아줌마　(바보가 된 것처럼) 그래서?

루루　정말 잘생겼어요. 제복도 잘 어울리고, 아주 용감해요.

아줌마 흠.

루루 (진심으로) 정말이에요. 산불도 끌 수 있어요. 소방서 서장이에요. 불을 끄는 거죠.

아줌마 화재 같은 건, 내가 큰비를 내리게 하면 금방 꺼질 텐데.

루루 활활 타오르는 불 속으로 뛰어들어 집 안에서 아기를 구하기도 해요.

아줌마 (멍하니) 아기를 불 속에서 구한다고?

루루 아기만이 아니에요. 병든 할아버지도 불타는 집에서 끌어낸 적도 있으니까.

아줌마 할아버지를 불 속에서 구해 냈다고?

루루 그러니까 이 소방차가 없으면 아빠는 불을 끌 수 없어요.

아줌마 흠. 아빠를 좋아하는구나.

루루 당연하지요.

아줌마 엄마도 좋아하는구나.

루루 당연하죠.

아줌마, 가만히 아래를 내려다보다가, 이윽고 노래를 부르기 시작한다.

아줌마 　〵 내가 흘린 피눈물

내 아기

죽었어

죽었어

저기에 만든 작은 무덤

작은 아기 묻었어

내 머리카락은 곤두서서

하늘을 향해 울부짖고 있었어

몇 백 일이나 울부짖었어

시커먼 하늘에는 별도 없고

나는 폭풍이 되어 있었어

아기 부르는 소리

번개에

아빠 부르는 소리

벼락에

지친 나의 흐느낌

눈이 조용히 내리고 있었어

아득한 들판 저편에서

죽어 버린 사람들의

멀리서 울부짖는 소리가 내게 다가와

대신 울어 주세요

대신 화내 주세요

대신 웃어 주세요

대신 살아 주세요

계속 살아 주세요

작은 아기 목소리도 나네

나 대신 꽃을 봐요

나 대신 별을 봐요

언젠가 무지개를 건널 테니까

커다란 무지개를 건너는 날까지

아줌마, 흐느껴 운다.

루루, 옆에 붙어서.

루루   울지 마요.

아줌마   그러니까 나는 모두를 위해서 죽을 수가 없는 거야.

모두를 대신해서 울고 웃고 화내고 있는 거야. 내 안에 많은

사람들의 기분이 꽉 차 있는 거야.

루루   아아, 그래서 오늘 아침 아줌마, 한꺼번에 여러 가지를 떠올

린 거군요.

아줌마   그런 날도 있어.

루루   굉장히 멋있었어요, 오늘 아침 날씨.

아줌마   그런데 말이야, 정말로 정말로 너무 긴 것 같아. 솔직히 말

해서 아줌마도 조금 피곤해.

루루   길다고요?

아줌마   벌써 몇 백 년이 되었어.

루루   앗, 몇 백 년! 무척 멋있어요.

아줌마   그렇지 않아. 정말 지쳤어.

루루   이제 그만두고 싶어요?

아줌마   할 수만 있다면.

루루   아줌마, 힘들었구나. 그래도 나, 아줌마처럼 여러 가지 날씨 만들어 보고 싶다고 생각했어요.

아줌마   루루는 확실히 마음속에 여러 가지 날씨를 가득 품고 있어. 벼락도 치게 하고, 눈도 내리게 하고. 조금 전에도 분명히 강아지 때문에 울었잖아. 그게 기분이라는 거야.

루루   흐음, 그렇구나.

멀리서 합창 소리가 들려온다.

♩ 나 대신 꽃을 봐요

나 대신 별을 봐요

언젠가 무지개를 건널 테니까

언젠가 무지개를 건널 테니까

아줌마　루루, 나 말이야, 아직 무지개를 못 만들었어.

루루　무지개, 저 무지개요?

아줌마　그래, 저 무지개. 저 무지개가 생기면, 나는 이제 모두를 위해 울거나 화내는 걸 끝낼 수 있어. 모두가 무지개를 타고 건너면 말이야.

루루　무지개라고?

아줌마　뭐, 좋아. 오늘은 기분이 좋아. 차라도 마시자. 루루, 그 특별한 의자에 앉으렴.

루루　어떻게 특별해요?

아줌마　뭔지 모르지만, 분명히 나, 누군가를 계속 기다리고 있었던 거야, 특별한 사람을 말이야.

루루　나, 특별한 사람이 되도 좋아요.

둘이서 차를 마신다. 루루, 물총을 만지작거리고 있다.

아줌마　무지개를 만들고 싶네.

루루　무지개구나.

루루, 무심코 물총을 쏜다. 작은 무지개가 생긴다.

아줌마, 루루　와, 무지개, 작은 무지개!

두 사람, 얼굴을 마주본다.

두 사람, 동시에 소방차로 달려가 호스를 끌어내 물을 뿜는다.

루루　와아, 와아, 기분 좋다! 소나기다.

그동안에 무대에 커다란 무지개가 걸린다.

아줌마와 루루의 뒷모습.

깊고 푸른 하늘의 무지개 ─ 끝 쪽에서 수많은 작은 빛 알갱이들이 반짝

반짝 건너가기 시작한다.

이윽고 빛의 알갱이, 건너길 그친다.

천천히 조용히 무지개가 사라진다.

루루　무지개!!

아줌마　아아, 모두 다 건넜어. 나의 아기도, 수많은 죽은 사람들도,

겨우 무지개를 건넜어.

아줌마, 이쪽으로 돌아서서 멍하니 있다.

아줌마   끝났어. 루루, 난 이제 모두를 위해 울지 않아도, 화내지 않
아도 돼. 모두 무지개를 건너 하느님이 있는 곳으로 갔어. 루
루, 나는 이제 보통 아줌마야, 이제 내 기분만으로도 충분해.

둘이서 등을 돌려 언제까지나 무지개를 보고 있다.

제8경 마을 광장

촌장과 사람들, 둥근 테이블에서 회의를 하고 있다.

촌장, 소방서장, 자동차 가게 주인, 사료 가게 주인, 옷 가게 주인, 빵집 주인 들이 모두 모여 있다.

촌장 그렇다면, 이 우리 마을의 특별한 상황을 고려해서요.

자동차 가게 어쨌든 다른 마을과는 사정이 다르니까요. 조상 대대로 그런 거라서요.

옷 가게 기분을 거스를 수 없다는 것을 하나 이해해 주세요.

소방서장, 팔짱 끼고 생각하고 있다.

빵집 뭐, 화재 같은 건 안 나면 좋으니까.

서장 그럴 수는 없어요. 어쨌든 소방차는 인간의 배꼽 같은 거니까.

촌장 물론 소방차는 필요합니다. 그건 잘 알고 있습니다. 특별 예산을 투입하여 소방차는 구입하겠습니다.

사료 가게 앗, 그렇군요. 아무 문제없는 셈이군요.

옷 가게 그건 그걸로 좋네요. 다만, 소방차 색깔이 문제지요. 빨간

소방차일 수는 없으니까.

촌장 거기 있어요, 문제는.

서장 에잇, 에잇! 색깔 따위는 아무래도 좋아요. 소방차가 필요해

요. 알았어요. 우리 마을 소방차는 초록으로 하면 되지요. 초

록색이면 문제없지요, 초록색이면.

모두 머리가 좋으시네, 소방서장님.

촌장 초록…….

자동차 가게 초록…….

거기에 루루와 아줌마의 소방차 소리가 난다.

자동차 가게 어이…….

옷 가게 어이…….

사료 가게 어이…….

촌장 아-아-아-.

엔진이 멈춘다.

루루, 뛰어나온다.

루루 아빠. 소방차 돌아왔어요. 여기요, 아줌마.

모두 어? 어라? 거짓말!

촌장 오오, 하느님이 오셨군요. 하느님, 죄송합니다. 저는 하느님
이 낮잠 주무시는 줄 알았어요. 깨어나셨군요, 오, 하느님, 정
말로 감사합니다.

제9경 가게가 늘어서 있는 마을의 거리

다들, 셔터를 올리거나 창문을 열거나 하고 있다.

미용사, 길을 쓸고 있다. 다른 집의 길도 쓴다.

미용사　비켜, 비켜, 비켜 주세요.

자동차 가게　아－아－아－, 날씨가 좋네.

사료 가게　요즘 축 늘어져서 늦잠만 자고 있어. 아－아－아－.

미용사　당신은 그런 사람이야.

자동차 가게　대단히 좋은 일이지. 맑은 하늘이야. 어, 오늘은 하루
　　　종일 날씨가 좋구나.

옷 가게　어이, 안녕. (손가락을 꺾어 뚝뚝 소리 내며) 장사 장사.

미용사　당신은 그런 사람이야.

　　　하지만 말이야, 나 요즘 어쩐지 안심이 돼. 저어, 그렇게 생
　　　각하지 않아? 화장 솜씨도 좋아, 저어, 봐요, 봐.

루루　보여 줘요, 보여 줘.

미용사   여전히 정말 싫은 애야.

모두   안녕. (모두들 각자 인사)

서장   안녕하세요.

미용사   비켜요, 비켜.

서장   (뛰어나가면서) 아냐, 수고했어요.

루루   저어, 저어, 나도 비켜, 비켜야 해!

미용사   넌 그런 애야. 안 비켜도 돼.

루루, 펄쩍펄쩍 뛴다.

아이들, 나온다.

아이들   안녕, 안녕.

아이A   너 뭐하니?

아이B   줄넘기.

소방서장, 빵집 안을 들여다보며,

서장   불조심. 불조심, 부탁합니다.

엄마 (뛰어나오며) 여보, 잊은 물건. 우산이요, 우산. 요즘 날씨는

예보대로죠?

서장 앗, 그렇지.

아줌마의 차 소리. 빵집 부부, 서로 껴안고 '불조심, 불조심'.

자동차 가게 앗, 언덕 위 아줌마다.

사료 가게 정말이야? (모두 귀를 기울인다) 저 소리는 틀림없네.

아이들, '아줌마 –' 하며 뛴다.

미용사 어머나, 저기, 저어, 아줌마 나하고 닮지 않았어?

사료 가게 닮았네. 저쪽이 훨씬 좋은 여자!!

옷 가게 오늘은 모자 하나 권할까?

빵집 당신, 너무 많이 했어. 아무리 보통 아줌마라도 말이야.

아줌마 등장.

서장　안녕하세요.

미용사　어머 오랜만이에요.

빵집　안녕하세요.

옷 가게　좋은 날씨네요.

자동차 가게　오늘은 뭔가 특별한 용무라도 있습니까?

아줌마　네, 물론 특별한 일이지. 아니 별로 특별하지도 않은데. 잠
　　　깐 놀러 왔으니까. 촌장님이랑 차라도 마실까 해요.

루루　나도 차 마실래요.

아줌마　너희들은 학교. 봐요, 이 애플파이.

냄비요리집 주인과 세탁소 주인. 차에서 파이를 내리고 있다.

아줌마　둘 다 수고했어. 큰 도움이 됐어요.

냄비요리집　별말씀을요!

세탁소　천만에요.

아이들　저기요, 우리들 것도 있어요?

아줌마　물론이지. 동네 사람들의 몫, 이렇게 많이 구워 왔으니까.

아이들　와아 - !

촌장 등장

촌장 저어, 아삭아삭 애플파이 냄새가 난 것 같은데요.

아줌마 역시 촌장님. 내 애플파이 냄새, 틀림없어요. 오늘은 특별히 잘 구워졌어요.

촌장 아이고 기뻐. 아이고 기뻐.

엄마 아 – 좋은 냄새. 그죠, 나지요? (다들 박장대소)

모두, 노래하면서 춤추기 시작하다.

♪ 기쁠 때는 웃어요

　웃어요 하하하

　해님 반짝반짝 반짝반짝

　마음속에 태양을

　슬플 때는 울어요 훌쩍 훌쩍

　마음속의 비는 부슬부슬

　부슬부슬

화가 나면 화내요

마음속의 폭풍도 바람도 우렁우렁

우렁우렁

바람 불어도 사나워져도 괜찮아

눈이 펑펑 내리는 기분

보면서 귀를 기울여요

슬픔도 기쁨도

이윽고

무지개다리를 건너가요

반짝반짝 빛나는 알갱이가 되어

무지개다리를 건너가요

웃어요

화를 내요

단단히 야무지게

울어요

이윽고 무지개다리를

건너가요

빛의 응어리가 되어

건너가요

건너가요

(피날레)

시인과의 사랑

국민 시인 다니카와 슌타로와의
연애 그리고 결혼생활

다니카와 슌타로의 33가지 질문

만일 기분이 좋다면 아래 질문 전부 또는 일부에 대답해 주시겠어요? 당신의
답에 힘입어 비로소 이 작품은 성립됩니다.

사노 요코 '만일 기분이 좋다면'이라고 쓰여 있기 때문에, 나는 기분이 나빠서 대답하고 싶어졌어요.

1. 금, 은, 철, 알루미늄 중에서 가장 좋아하는 것은 무엇입니까?

사노 요코 어느 것도 좋아하지 않아요, 금속을 좋아하지 않아요. 그래도 굳이 말하면, 빨갛게 녹슨 쇠못, 그거 핥는 거 좋아해요. 어렸

을 때 녹슨 쇠못을 핥는 것을 좋아했기 때문에, 지금도 쇠의 녹슨 냄새를 맡으면, 나, 마르셀 프루스트가 된 것 같아요. 나, 이제 기분 나쁘지 않아요.

2. 자신 있게 다룰 수 있는 도구를 하나 들어 주세요?

사노 요코　식칼.

3. 여자의 얼굴과 유방 중 어느 쪽에서 더 강하게 에로티시즘을 느끼십니까?

사노 요코　여자라도 유방에 에로티시즘을 느끼면 안 되나요? 근데, 느껴져요. 난, 제일 이상한 기분이 드는 게 레즈비언 사진인데, 오해하지 마세요, 나, 친구들한테 충분히 물어봤는데 다들 그러더라고요. 이참에 다니카와 씨도 누군가에게 물어봐 줘요, 변태라고 생각하지 않게끔 묻는 게 어려워요. 이 일, 관심 있으면, 자세히 답변 드릴게요. 부록으로 해 주세요.

4. 히라가나 '아이우에오'와 '이로하' 중 어느 쪽을 좋아합니까?

사노 요코　이로하. '이로하'라고 쓰는 것만으로도 좋잖아요.

5. 지금 가장 자신에게 물어보고 싶은 문제는 어떤 문제입니까?

사노 요코 당신에게 묻고 싶은 것 천지예요.

6. 술 깰 때 마시는 물보다 더 맛있는 술을 마신 적이 있습니까?

사노 요코 술도 못 마시는데, 왜 이런 질문을 해요?

7. 전생이 있다면, 자신은 무엇이었을까요?

사노 요코 개 아니면 일본인이 아닌 남자. 이건 확신이 있어요. 제가 개였을 때를 아주 분명하게 기억하고 있어요. 그날 바람 상태까지. 하지만 다니카와 씨, 전생 같은 거 믿지 않죠? 젊은 남자였을 때 창문으로 봤던 풍경도 기억하고 있습니다. 근데 안 믿잖아요? 누구한테 말해도 믿어 주지 않겠지만, 믿어 줬으면 좋겠어요.

8. 초원, 사막, 곶, 광장, 동굴, 강둑, 해변, 숲, 빙하, 늪, 마을 변두리, 섬. 어디가 가장 안심이 될까요?

사노 요코 초원을 좋아하지만, 초원에 가면 난 불안해져서 빨리 돌아오고 싶어요. 바다도 그래요. 하지만 가끔 초원에 가서 드러눕고 싶고, 바다를 보고 싶기도 해요. 그리고 내가 오가는 사람이라는 게 너무 외로워서 여행하는 기분을 맛보고 싶은 건지도 모르겠어요. 난 아마 마을 변두리가 가장 안심이 되는 거 같아요. 어쨌든 조상들은 농민이었으니까.

9. 흰색이라는 단어에서 연상되는 걸 뭔가 말씀해 주시겠습니까?

사노 요코 너무 서툴러 연필을 잡기도 싫었던 입시학원에서 최초로 그린 데생을 오차노미즈 다리 위에서 간다가와로 흘려보냈어요. 더러운 검은 물에 뒤집어진 채로 내 도화지가 흘러갔죠. 너무나도 흰색이었어요.

10. 좋아하는 냄새를 한두 가지 들어 주세요.

사노 요코 페인트 냄새. 어렸을 때 버스가 지나간 뒤의 휘발유 냄새. 난 버스 뒤에서 달려가면서 콩콩 숨을 들이마시고 있었어요.

11. 만약 가능하다면, '다정함'을 정의해 보세요.

사노 요코 정의할 수 없어요. 젊어서 뭐든지 믿을 수 있었을 때, 다정함은 강함이라고 생각하고 있었어요. 지금 생각하면, 그렇게 생각한 나는 다정하지 않다고 생각해요. '다정함'이란 말은 '사랑'과

똑같이 싫어요. 그 두 가지가 없으면 살아갈 수 없는데, 말로 하면 금방 엉터리 같다는 느낌이 나는 것도 마찬가지예요. 억지로 떠맡기는 것을 참을 수 없는 것도 마찬가지로, 다정한 사람 같은 게 있을까요. 다정하지 않은 사람이란 게 어디 있을까요?

있잖아요, 왜 이런 질문을 하고 싶었어요?

12. 하루가 25시간이라면, 남은 한 시간을 무엇에 쓰시겠습니까?

사노 요코 잘 거예요.

13. 현재의 일 이외에, 아래의 일 중 어느 게 가장 자신에게 적합하다고 생각하십니까?

지휘자, 바텐더, 표구사, 테니스 코치, 킬러, 거지.

사노 요코 아마 아무것도 할 수 없을 것 같아요. 지휘자가 되기에는 전체 파악력이 부족해요. 바텐더가 되기에는 사람들에 대한 호불호가 너무 뚜렷해요. 표구사가 되기에는 재주가 부족해요. 테니스 코치가 되기에는 허세가 부족해요. 킬러가 되기에는 눈이 너무 커요. 거지가 되기에는 아는 사람이 너무 많아요.

14. 어떤 상황에서 가장 강한 공포를 느낄 것 같습니까?

사노 요코 만약 내가 쥐라서, 쥐덫 안에 있는데, 고양이 두 마리가 쥐인 나를 밖에서 할퀴거나 주변을 뛰어다니거나 할 때. 아니면 내가 '딱딱 산'의 너구리인데, 진흙으로 만든 배가 부서지기 시작했을 때.

15. 왜 결혼하신 건가요?

사노 요코 신의 인도로. 지금 그 신을 만나면 때려눕힐 거예요.

16. 싫은 속담을 하나 들어 주세요.

사노 요코 버는 것을 따라잡을 가난이 없다. 너무나도 진짜니까요.

17. 당신에게 이상적인 아침의 모습을 묘사해 보세요.

사노 요코 좋아하는 남자가 옆에 있는 것. 조금 전까지만 해도, 싫어하는 남자가 옆에 없는 것, 그랬지요.

18. 다리가 하나인 의자가 있습니다. 어떤 의자를 상상하십니까? 모양, 재질, 색깔, 놓인 장소 등.

사노 요코   스프링이 튀어나온, 쓰레기장에서 주워온 것 같은 빨래 방의 안락의자. 뜯겨진 소년 잡지가 놓여 있고요. 짙은 황토색.

19. 목적지를 정하지 않고 여행을 떠난다면, 동서남북 어느 쪽으로 향할까요?

사노 요코   동서남북을 모르기 때문에 곧장 막다른 곳까지 갈 거예요. 막다른 곳에 이르면 왼쪽으로 갈 거예요. 우회전이 어렵지 않다면, 어딘가에서 오른쪽으로 가고. 그리고 바다로 갈 거예요.

20. 어렸을 때부터 지금까지 쭉 몸에 가까이 지니고 있는 것이 있으면 알려 주세요.

사노 요코   아무것도 없어요. 30번까지 셀 만큼 이사를 하고, 배낭에 주전자를 매달고 바다를 건넌다든지 하면 그런 게 아무 것도 없어요. 그런 사람에게 그런 질문을 하면 실례라고 생각하지 않았나요?

21. 맨발로 걷는다면 아래의 어느 것 위가 가장 쾌적하다고 생각하십니까?
대리석, 목초지, 모피, 나무 바닥, 진창, 다다미, 모래사장.

사노 요코   대리석과 진창.

22. 당신이 가장 저지를 만한 죄는?

사노 요코　뭐가 죄인지 모르겠어요. 사람 죽이는 일만은 안 할 것 같은데.

23. 만약 사람을 죽인다면, 어떤 수단을 택하시겠습니까?

사노 요코　할 수 없어요.

24. 나체주의자에 대해 어떻게 생각하십니까?

사노 요코　에로티시즘이 사라지니까 아쉬워요. 그러니까 굉장히 비겁한 사람은, 모두 나체주의자가 되면, 흥분하지 않는 사람은 할 수 없어요.

25. 이상적인 식단의 예를 들어 주세요.

사노 요코　항상 이상이 정해져 있다고는 생각하지 않아요. 배고플 때는 뭐든지 맛있고, 슬플 때는 아무것도 먹고 싶지 않아요. (아주 제대로 된 답)

26. 대지진입니다. 먼저 무엇을 들고 나가시겠습니까?

사노 요코 콘택트렌즈.

27. 외계인에게 "아다마페 푸사르네 요리카"라고 질문을 받았습니다. 뭐라고 대답할 거예요?

사노 요코 음, 뭐라고? 라고 대답해요.

28. 인간은 우주 공간으로 나가야 한다고 생각합니까?

사노 요코 나가면 안 된다고 생각해요. 신이랄까 자연이랄까 인간이랄까에 대한 모독이라고 생각해요. 하지만 사람이기 때문에 나가고 싶어하지요. 인류의 운명이라고 생각해요. 인간을 망치게 하는 것은 지적 호기심이라고 생각해요.

29. 당신의 인생에서 최초의 기억에 대해서 말해 주세요.

사노 요코 거짓말이라고 생각하겠지만, 대야 속에서 갓난아이로 첫 목욕물에 몸을 담갔던 때를 기억하고 있어요. (미시마 유키오 같죠?) 나는 어깨에 걸친 거즈가 뜨거운 물에 젖어 달라붙는 느낌을 기억해요. 그리고 물이 너무나도 뜨거웠어요. 아버지가 뜨거운 물에 넣어 주셨어요. 아버지는 내 엉덩이를 뜨거운 물에 담갔어요.

엉덩이가 너무 뜨거웠어요.

30. 무엇을 위해서 혹은 누구를 위해서라면 죽을 겁니까?

사노 요코　대답하지 않겠어요.

31. 가장 깊은 감사의 마음을 어떤 형태로 표현하시겠습니까?

사노 요코　'평생 기억하고 있다'로.

32. 좋아하는 우스갯소리를 하나 공개해 주시지 않겠습니까?

사노 요코　미움 받으며 오래 살고 싶지는 않지만, 귀여움을 받아 죽는 것보다는 낫다.

33. 왜 이러한 질문들에 답했습니까?

사노 요코　당신의 질문이었으니까.

● 회답한 편지의 마지막에 ─────

안녕하세요, 건강하게 일하세요.
. . . .
. . . .
. . . .
. . . .
. . . .
. . . .
. . . .
. . . . . .

잘 자요, 건강하게 주무세요.

당신은 나의 러브레터를 칭찬해 주셨어요.

칭찬해 주셔도 마음을 움직이지는 않네요.

그것을 알고 있어도 나는 계속 씁니다.

제발 계속 쓰게 해 줘요.

이 눈치 없는 놈아.

(소인 – 우편도장 • ○○년 6월 1일, 빠른 우편)

다니카와 슌타로의 아침과 밤

나는 다니카와 씨와 사귀기 시작한 지 12년쯤 되었고, 3년쯤 전에 다니카와 씨 호적에 들어갔기 때문에, 지금은 부부이다.

부부이기 때문에 아침에 눈을 뜨면 옆에 다니카와 슌타로가 있다. 나는 다니카와 슌타로의 작은 눈을 보거나, 약간 옆으로 내밀고 있는 코라든가, 안쪽으로 입술이 파묻혀 있는 입언저리라든가, 초로의 피부를 매일 아침 차분히 보는 것이다. 나는 적어도 120분 정도는 차분히 있고 싶다. 저혈압과 우울증인 나는 이불에서 나올수 없기 때문에, 차분할 수밖에 없는 것이다.

나의 이 차분함을 다니카와 슌타로는 견디고 있다. 내가 한순간 차분함을 중단하면, 그 순간을 놓치지 않고 다니카와 슌타로는 벌떡 일어나려고 한다.

"잠깐, 기다려요."

나는 무턱대고 다니카와 슌타로의 손목을 잡는다.

"아직, 차분히 있어도 좋잖아."

믿을 수 없을 정도로 솔직한 그는 "응, 좋아. 자, 차분히 있어 봐요." 라고 말한다. 다니카와 슌타로는 어쩐지 차분하지는 않는 것이다. 차분함이란, 차분하자고 결의하는 게 필요하지 않다. 결의하는 데 시간이 걸리지 않는 게 멋지다. 어느 쪽으로 할까 하고 샅샅이 돌아본다는 것이, 차분함만이 아니라, 아무 일도 일어나지 않는 것이다. 멋지다.

"자, 뭐야?"

"나, 당신이 남편으로 느껴지지 않는데. 전 남편 때는 사흘 만에 바로 부부가 됐는데 말이야, 왜 그럴까, 하는 건 어쩐 일이지?"

"으음."

다니카와 슌타로는 누운 채 대답하지 않는다. 침대 판자에 베개를 기대고, 거기에 기대어 단단히 팔짱을 낀다.

이 시시한 질문, 아무래도 좋은 화제, 흘려듣기 좋은 일이라는 것을 다니카와 슌타로는 확실히 정면으로 받아준다. 이것은 성실하다고 할 수밖에 없다. 혹은 질문 내용의 경중관계를 이해하지 못할 수도 있다고 나는 생각하지만, 저혈압으로 혼자 침대에 있는 게 싫은 나는, 그 성실성을 한껏 악용할 작정인 것이다.

"그럼 나는 뭐야?"

"당신, 지나치게 다니카와 슌타로야."

"그런 말을 하면, 당신도 아내라는 느낌은 없고, 사노 요코가 누워서 자고 있다는 느낌이야."

"그러니까 당신도 내가 아내 같지 않고, 나도 당신이 남편 같지 않다는 건 문제가 있다고 생각하지 않아."

"생각하지 않아. 궁극적인 남녀의 모습을 하고 있으니까."

아하하하.

"당신, 성격 좋다. 있잖아, 농담이라는 건 자기를 낮추어 웃는 게 상식이야. 당신 언제나 자신을 높이고 웃는 것, 꽤 드물어. 남이 들으면 바보인 줄 알아."

"음, 나 바보일지도 몰라. 가끔, 나, 자신이 단순한 나무 인형이라고 생각할 때가 있어. 아무것도 안 하고 있으면 얼떨떨해. 어쩐지 잘못해서 지구에 서 있는 것 같아 불안해."

"당신, 살아있는 거 재미없어?"

"재미없어."

"저기요, 사람들이 뒤죽박죽 쓸데없는 소리 하는 거 보기만 해도 재밌잖아."

"재미없어. 관심 없어. 당신은 재미있지. 산문가라서 그래. 난, 시인이니까."

왜 그런지, 나에게 산문이란 말은, 시에 비해 수준이 낮고 멋지지 않고, 상스럽고 천박하다는 식으로 받아들여진다.

그러나 이 세상의 혼돈에 무관하게 시인이 혼자 서 있는 것은 너무나도 귀여운 것 같아서, 나는 대머리를 쓰다듬어 준다. 쓰다듬다 보면 귀여운데 눈물이 날 것 같다.

"도와주고 싶은데."

나는 저혈압에서 회복되기 시작한다. 타인의 불행으로 인간은 회복된다.

"고마워. 하지만 시란 그런 거야."

"음, 밀란 쿤데라가 말했지만, 시란 레몬즙 같아, 그쯤에서 진실의 에센스를 뿌릴 뿐이래."

저혈압에서 회복되면 나는 그저 성격 나쁜 여자일 뿐이다.

"하지만 그것을 인간은 필요로 하는 거야. 저기, 이제 가도 돼?"

"어쩔 수 없네, 됐어."

다니카와 슌타로는 순식간에 잠옷을 벗어 던지고, 청바지에 발을 쑤셔 넣고, 티셔츠를 입더니 부엌으로 달려간다. 이것은 비유가 아니다, 정말 달리는 것이다. 휘익, 쑤욱, 훌러덩, 쾅쾅쾅쾅. 나는 아직 침대 속에서, 오늘 하루 어떻게 보낼지 결단하지 못한다. 치과에 갈까 물감을 사러 갈까, 마감 지난 원고를 쓸까 어쩔까, 아, 저것도 이것도 싫다, 방도 치워야지, 아아, 설탕이나 무 같은 것도 사러 가야지, 아아, 아아, 아아.

다니카와 슌타로는 저혈압증이 있는 나를 위해 침대 테이블이라는 걸 만들어 주었다. 바퀴가 달린, 더블 침대에 걸쳐 있는 거대하고 길쭉한 테이블이다. 생각해 낸 그날 밤에는 완성되어 있었다.

"하이."

다니가와 슌타로가 주스를 가져온다. 윙 하는 소리는 주서로 사과를 윙윙 돌려 즙을 짜낸 것이다.

"꿈만 같아."

나는 매일 아침 외치고 있다.

외치는 사이에, 토스트와 계란과 커피가 얹힌 쟁반이 침대테이블에 나란히 놓여 있고, 다니카와 슌타로는 다시 침대에서 나하고 나란히 앉아 힘차게 토스트를 뒤집고 있다.

함께 살기 시작했을 때, 아침 식사는 자기가 만들겠다고 했다. 금방 질릴 거라고 생각했지만, 다니카와 슌타로는 성실한 것이다. 기어서라도 아침식사는 만들 것 같다.

"오늘 할일은?"

나는 달걀 프라이를 찌르면서 물어본다.

"우체국과 은행."

우체국과 은행, 매일인 거네.

"두 시에 커피 집에서 미팅하고, 시간이 나면 아키하바라에 갈 거야. 내친김에 당신 통장 기장해줄 테니까, 꺼내봐."

"괜찮아, 조만간 마음이 내키면 갈 거니까."

"좋아, 당신은 어떻게 할 거야?"

"모르겠어. 당신, 마감은 없어?"

"한 달 전인 어제 마감해버렸어."

"바보 같네. 마감은, 와서 하는 건데 말이야. 저기, 우리는 너무 성격이 달라서 헤어질지도 모르겠네. 내가 너무 꾸물거리니까, 당신 짜증나지 않아?"

"전혀. 벌써 아침 다 먹었어? 치울게."

"잠깐, 기다려, 그렇게 뭐든지 척척 하지 마."

"척척 하는 거 아니야, 버릇, 버릇."

척척 하지 않는 다니카와 슌타로는 척척 척척 접시를 치우고 타닥타닥 계단을 내려간다.

신문을 가지러 갔다가, 돌아오는 길에 담배를 가져온다.

바스락바스락.

"아, 누레예프가 죽었네."

"에이즈로?"

"그럴 거야. 저기, 똥 눠도 돼?"

"안 된다고 하면?"

"안 해."

"참을 수 있어?"

"할 수 있어."

"그럼, 10분 뒤에 나와?"

"나와."

다니카와 슌타로는 박하 향이 나는 갈색 가느다란 모어(MORE) 담배 연기를 내뿜으며 먼 곳을 바라보고 있다. 멀다고 해도 옆집

느티나무 가지와 그 사이로 보이는 하늘이다. 꽤 심오한 눈이다. 역시 시인의 눈이다. 존경심과 경외심에 몸서리를 쳤고, 물끄러미 조용히 진심으로 자랑스럽게 생각했다.

"당신, 지금, 역시 아키하바라는 미팅 후에 가려고 생각하고 있지?"

"어떻게 알았어?"

"남이 보면 시인의 눈인 걸."

다니카와 슌타로가 시인의 눈으로 침묵하고 있을 때는 반드시 그날의 순서를 생각하고 있는 것이다. 차를 운전할 때 고맙고 심각한 표정을 짓고 있으면 다음 길을 생각하고 있는 것이다.

모어 담배가 재로 변하자, 다니카와 슌타로는 신문 광고를 들고, 화장실에서 일일이 꼼꼼히 점검하고 있다.

그 옆에서 나는 겨우 가운을 걸치고 이를 닦고 세수를 한다.

밤 10시가 되면 다니카와 슌타로는 위성방송 영화를 꼭 본다.

외국인이 나오는 영화를 좋아한다.

토라상를 보게 하는 데 5년이 걸렸다. 토라상은 한때 잠깐 나와 사귀었지만, 곧 질렸다. 엔카는 구역질이 난다고 한다.

외국인이 나오면 B급 이하 영화라도 끝까지 본다.

전후 먹을 것이 없던 시절을 떠올리자, 나는 나막신을 신고 고구마를 쥐고 서 있다. 여섯 살 정도. 13세의 다니카와 슌타로는, 아무리 생각해도, 코카콜라를 들고 제대로 신발을 신고 있다.

영화가 끝나면, 잠자리 들 준비를 척척 하기 시작한다. 내가 질질 끄는 잠버릇에 시간이 걸리자 다니가와 슌타로는 낡은 라디오 책을 침대 테이블 위에 포개고 정말로 열심히 바라보고 있다.

약 2년 전부터 낡은 라디오를 미친 듯이 모으기 시작했다.

눈 깜짝할 사이에 50대 정도가 되었다.

라디오 수리방까지 만들었다

"나 라디오 소년이었으니까."

대머리 아저씨는 무심코 납땜 인두를 잡고 있다.

그 뒷모습을 보자, 나는, 조용하고 엄숙한 기분이 든다.

그가 이 세상이 지루해서, 겨우 라디오에 매달려, 이 세상과 연결되어 있는 것처럼 보이는 것이다.

"저기, 아직 갖고 싶은 라디오 있어?"

나는 부스럭부스럭 침대에 들어가면서 묻는다.

"모르겠어. 이제 안 나올지 몰라. 있다 하더라도 굉장히 비쌀 것 같아."

"저기, 이제 원하는 게 없어지면 어떡하지?"

"심심하지."

"하지만 더 생각할 수 없는 곳에서 예쁜 라디오가 불쑥불쑥 나올지도 모르지."

"하지만 그렇게 되면 질릴 거야."

나는 또 울고 싶어진다. 나는 어깨를 쓰다듬으면서 말했다.

"나는 질리지 않아요. 네, 말해 봐요."

"그런 건 무리야."

"그러면, 주문이 아닌 쓰고 싶은 시를 쓸 수 있잖아."

"지금은 그런 세상이 아니야, 누가 뭘 써도 반응이 없어. 나는 그게 제일 힘들어."

"죽고 싶어?"

"죽고 싶지는 않지만, 살고 싶지 않아. 게다가 나는, 쓰고 싶은 게 안에서 나오는 타입이 아니라, 세상의 요구에 열심히 부응하는 타입이야. 아무도 읽어주지 않아도 쓸 수 있는 게 아니야."

"봐요, 이 라디오, 이 댄싱걸스 시리즈 나오면 기쁘잖아."

"이건 잘 안 나와."

"그래도 나올지도 모르지. 게다가 지금은 안 질렸지."

"걱정하지 않아도 돼."

"걱정이야."

"나도 걱정돼."

"하지만 조금만 더 살면, 곧 끝나니까."

"정말, 정말이야. 난 이제 젊지 않아서 도움이 돼."

"정말, 정말이야. 하지만 자, 당신 집안 장수 집안이야. 당신, 내가 죽어도 20년은 끄떡없어."

나는, 말하지 않아도 되는 말을 하는 여자이다. 말해놓고는 흠칫 생각에 잠기는 것이다. 시인은 라디오 책을 덮고 불을 끈다. 베개에 머리를 대면 쿨쿨 천사처럼 잘 잔다.

이 세상을 지루해하는 시인 영혼의 행방을 나는 가만히 생각한다. 언제까지나 생각한다.

나는 남편을 갖는 것을 포기했다. 옆에서 쿨쿨 잠든 사람은 남편이 아니라 시인이다. 사실은 시인이 아닌 남편을 갖고 싶었다고, 나는 언제까지나 어둠 속에서 눈을 뜨고 있다.

저혈압은 잠이 잘 오지 않는 것이다.

(『속속続続 · 다니카와 슌타로 시집』, 시조샤, 현대시문고 109 / 1993년 수록)

여행일기 1994

그림 · 사노 요코

4월 25일 (괄호 안의 글은 다니카와 슌타로)

9시에 유람선 호텔 전용 판타지아Ⅲ에 단둘이 탔다. 1만엔. 배에는 주단이 깔린 객실 같은 게 있어 새로웠고, 바닥 같은 데도 1밀리미터 정도 왁스가 빛나고 있었다. (사실 왁스는 군데군데 벗겨졌다. 슬슬 다시 칠해야겠다고 생각했다.) 이즈쿠시마의 붉은 도리이는 가까이 가자 엄청나게 거대했다. 미야지마는 신의 섬이기 때문에, 매우 청결한 모습이었다. 태어나서 처음 보는 곳이지만, 물에서 휙 튀어나온 도리이의 사진은 반복해서 어디선가 보고 있기 때문에, 처음 볼 때는 불만이 터져나오는 것이다. 에헤, 하고 별로 생각하지 않고, 흐음, 이라고도 생각하지 않고 그저 멍하니 보는 것이다. (하지만 아내는 꽤 들떠 있었다. 남편은 비치된 쌍안경으로, 굴 양식하는 배를 바라보고 있었다. 오즈 야스지로가 된 기분이었다.)

형광색이 들어간 것으로 보이는 신사 기둥의 오렌지색은 '음~'이라고 생각하게 한다. 이렇게 뛰어올라 날아갈 것 같은 빨간색에는 역시 에메랄드 그린이겠지. 마땅히 그래야 할 장소에 에메랄드가 박혀 있는 것은 안심할 수 있는 일이다. (다음에는 닛코의 도쇼 궁으로 데려가지 않으면 안 될 것이다.) 800년째 바다에서 붉은 도리이가 나오고 있는 일본이라는 나라는 코쟁이가 어떻게 생각하는지, 나는 또 "800년 전 일본에는 헤이케(平家)라는 가문과 겐지(源氏)라는 가문이 힘을 겨루었고, 한 번은 승리한 헤이케가 그 힘을 막강하게 만들어 오만방자한 폭정을……"이라고 머릿속으로 코쟁이 용도로 생각했지만 오만방자 때문에 좌절했다. (아마 오만방자라는 말은 영어로 번역할 수 없을 것이다.) 태풍에 짜부러진 물속에 있는 노를 상연하는 무대를 복원하고 있었는데, 물속에 노를 상연하는 무대가 있는 일본은 재주가 섬세한 것이다. 또한 국보인지 중요문화재인 때문인지 복원에 관여하는 장인들도 있는 듯하고, 뒤집혀진 지붕을 아주 섬세하게 겹쳐 놓은 곳 등, 콧바람이 거칠어질 정도의 불안과 잠깐의 안심이 있지만, 어떻게든 되겠지.

미야지마 전체가 단풍잎 모양의 도라야키 과자와 주걱 센베이만 팔고 있으니, 이것으로도 먹고살 수 있을까 하고 불안하지만, 쓸데없는 참견이다. (하고 아내는 주걱 센베이를 씹으며 생각한 모양이다.) 꾀죄죄하게 여윈 사슴이 우울증처럼 음침하게 섬 안을 돌아다니고 있다. 미야지마의 사슴은 나라공원의 사슴과 교류도 없으니 불만이 없을지도 모른다. 하지만 부러워할 만한 목표가 없더라도 사슴은 불행을 알고 있을지도 모른다. (미야지마에서는 보물궁전과 역사민속자료관에도 갔다. 남편은 옛날 사람이 모두 글씨를 잘 써서

감탄했다. 워드프로세서를 쳐서는 글씨를 잘 쓰지 못한다.)

정말 짜증나서 참을 수 없는 건 히로시마에서 오사카까지 터널이 많다는 것이다. 책을 읽을 수 없다. 낮에도 터널은 어둡다. 하지만 어두운 것에 익숙해지려고 애쓰는 순간 터널이 끝나고 밝아진다. 거참, 이런 생각하는 중에 또 터널이다. 짧겠지 하고 눈 감고 기다리면 이번에는 길다, 뭐냐 이렇게 길어 하고 책으로 돌아가면 순간 터널이 끝난다. 거참, 책의 글자를 보면 곧 또 터널이다. 이제 밝아져도 믿을 수가 없다. 가만히 밝은 것을 참고, 아니 책을 읽지 않고 참고 있을 때만 언제까지나 다음 터널이 나타나지 않는다. 요컨대 노안이 진행되어, 명암에 즉시 대응할 수 없는 것이다. 아이였다면 이 변화를 기뻐했을까. (아내는 이후로 계속 자고 있었다.)

미야지마구찌 JR역에 피터하우스의 여주인 모녀가 붕장어 도시락을 싸들고 배웅을 나와 주었다. 신칸센을 타자마자 붕장어 도시락을 먹었다. (사건이 앞뒤를 넘나드는 것도 아내 일기의 특징이다.)

(CHILDREN BOOK CLUB 『HEN』 16호, 1994년 6월 1일
히로시마현 어린이책 전문점 '피터하우스' 발행)

"항상 글을 쓰는 것은 내 본업이 아니라고 생각한 걸까, 스스로 자발적으로 글을 쓰고 싶다고 생각한 적은 없었다. 원고를 청탁받으면 그때는 그게 무엇이든 마구 써 댔다. 그것이 인쇄물로 나왔을 때도 그냥 내던져 두었기 때문에 그게 어디에 있는지 없는지 알 수 없게 되었지만 크게 신경 쓰지 않았다. 만약 신경 쓰게 되면 온 집을 헤집고 돌아다녀야 한다고 생각하니 그게 또 귀찮아지는 것이었다." (사노 요코 『기억이 나지 않는다』 후기 중에서)

이와 같은 성향을 지닌 그녀이기에, '사노 요코'라는 작가의 책을 편집하는 것은 매우 힘든 일입니다. 하지만 어찌된 일인지 그녀의 주옥 같은 작품은 몇 년이 지나도 계속 발견되고 있습니다. 마치 매장된 금처럼 말입니다.

이 책은 그녀가 세상을 떠난 지 10년이 지난 지금까지 차례차례 '발견된' 단행본 미수록 작품들을 모아 정리한 것입니다. 과거 잡지에 실렸거나 혹은 원고 형태로 남아 있는 글 중에서 고른 것으로, 대부분 최초의 출처를 알 수 없습니다. 그림도 당연히 원화 같은 건 발견되지 않았고 잡지에서 옮겨 실었으며, 나머지 삽화는 이번에 몇몇 작가분들이 새로 그려 주셨습니다.

특히 놀란 것은 「나의 복장 변천사」입니다. 사노 요코의 그림이 들어가 있고 글도 손으로 직접 쓴, 그야말로 멋진 작품을 찾아 냈다는 것! 이것이 40여 년 전 『우리 세대』라는 시리즈물 단행본에 조용히 담겨 있었습니다.

그리고 또 놀란 것은 희곡입니다. 사노 요코는 세 편의 희곡 작품을 썼는데, 그중 한 편을 처음으로 이 책에 실을 수 있었습니다. '어린이 – 스테이지'라는 제목의 시리즈 중 하나로, 읽는 재미가 있는 판타지입니다. 이 책의 표지에 사용한 그림은, 이 연극의 전단지에서 따온 것입니다. 원화는 발견되지 않았기 때문에 디자이

너 노자와 교코 씨의 솜씨로 재현했습니다.

「다니카와 슌타로의 33가지 질문」은 다니카와 씨 앞으로 보낸 편지 설문으로, 물론 발표되지 않은 것이며 다니카와 씨가 제공해 주신 것입니다. 그밖에 팬들도 본 적이 없는 작품도 눈에 띕니다.

이 책은 사노 요코의 저작권을 관리하는 오피스 지로초에 근무하는 우수한 스태프의 협력으로 완성되었습니다. 경사스럽고, 경사스럽습니다. 그동안 알려지지 않은 사노 요코의 매장품 발굴은 앞으로도 계속될 예정입니다.

가리야 마사노리

옮긴이의 말

　사노 요코의 팬으로서 사노 요코 사후 10주년 기념으로 출간된 유작집을 번역하게 되어 기쁩니다. 이 작품집에는 동화, 짧은 이야기, 에세이, 희곡 등 여러 장르의 작품이 실려 있는데, 그중에서 가장 맘에 든 건 어린이를 대상 독자로 하는 동화들이었습니다.

　장난기가 있고, 그러면서도 따스한 마음을 지닌 곰 이야기는 계속 웃음을 머금게 합니다. 아침 일찍 일어나자 남의 집에 가서 잠을 깨운다든지, 꽃을 잔뜩 심어서 친구들에게 선물하는 곰의 모습은 사랑스럽기 짝이 없습니다. 또, 줄곧 "왜냐?"고 물어 대는 후미코도 어찌나 사랑스러운지요. 아이들은 어른들에게 줄곧 "왜"라고 물으면서 자랍니다. 그만큼 궁금한 게 많은 거지요. 아이들은 어른들이 미처 대답할 수 없는 질문들을 던지곤 하는데, 이런 흥미롭고도 곤혹스러운 상황을 사노 요코는 멋지게 그려 내고 있습니다. 또, '시간'이야말로 변화와 성장을 가져온다는 것을 사노 요코는 이 작품에서 보여주고 있지요. 후미코의 꿈을 통해 '시간이 흐르지 않는 세상이란 어떠한 곳일까?'도 생각하게 합니다.

또 하나 인상 깊었던 작품은 희곡 「언덕 위의 아줌마」였어요. 무지개다리를 건너지 못한 여러 사람들의 감정을 대변하느라 하루에도 몇 번씩 감정이 변하는 '언덕 위의 아줌마'는 여신의 풍모를 지닌 인물입니다. 아줌마의 감정이 변하면, 언덕 아랫마을의 날씨가 변하니까요. 그런데 이 아줌마는 전쟁 때문에 남편을 잃고, 사랑하는 아기까지 잃은 슬픈 사연을 지니고 있습니다. 장난꾸러기 남자아이 루루 덕분에 아줌마는 무지개를 만들 수 있게 되고, 슬픈 사연을 지닌 영혼들이 무지개다리를 건넘으로써 아줌마는 자기의 감정만을 지닐 수 있게 됩니다.

사노 요코는 이 희곡을 통해 전쟁 없는 세계, 평화로운 세계를 그리고 싶었던 게 아닐까요? 어른들은 아줌마를 두려워해서 아줌마를 '기분 괴물'이라고 하며 벌벌 떨지만, 아이인 루루는 그렇지 않습니다. 날씨를 바꾸는 능력을 지닌 아줌마의 제자가 되고 싶어 하지요. 하지만 아줌마의 사정을 알자 아줌마의 처지를 공감하며 함께 문제를 해결하는 모습을 보여줍니다. 아이야말로 어른이 만든 낡은 세상을 새롭게 만드는 존재라고 말하고 싶은 걸까요?

루이스 스티븐슨의 「어린이 시의 정원」이라는 시를 번역한 적이 있는데 희곡 작품은 이번에 처음 번역해 보았습니다. 중간에 노래까지 나오고, 대화가 많아 능력 부족을 절감하기도 했지만, 이 희곡이 연극으로 상연된다면 어떤 모습일까 줄곧 상상하면서 우리말로 옮기는 동안에 즐거웠습니다.

「다니카와 슌타로의 33가지 질문」은 시인과 연애를 하는 동안 이런 편지를 주고받았구나 싶어 신선했고, 부부로 지냈던 시절의 에세이들은 두 작가를 함께 알 수 있어서 흥미진진했습니다.

이 책에는 사노 요코의 눈으로 본 그림책 작가 초 신타의 이야기도 실려 있는데, 저도 좋아하는 그림책 작가라 무척 즐거웠습니다. 또, 사노 요코가 쓰고 그린 「나의 복장변천사」는 정말 대단한 자료였습니다. 함께 실린 사진들도 너무 좋았고요. 역시 솔직함과 위트가 사노 요코의 진면목이라고 할 수 있겠습니다. 오빠와 세면기를 갖고 놀던 이야기, 가난하기 짝이 없던 무사시노 미술학교 시절 이야기도 좋았습니다. 또, 베를린 유학시절 이야기에서 외국인은 전차를 타고 베를린을 일주할 수 있는데, 한국 사람만이 유일하게 전차를 타고 베를린을 일주할 수 없었다는 사실도 이번에 알게 되었습니다.

또, 옛이야기에 대해 쓴 글도 관심 있게 읽었습니다. 어릴 때 들은 이야기, 읽은 이야기가 언제까지나 몸속에 머물고 있다는 걸 공감할 수 있었습니다. 사노 요코의 '짧은 이야기'는 성인 독자를 대상으로 한, 사실과 상상을 오가는 이야기였는데, 사노 요코가 정말 다방면으로 많은 글을 썼다는 걸 실감했습니다.

이 책에는 사노 요코의 그림뿐 아니라 아미나카 이주루, 사와노 히토시, 이이노 카즈요시, 히로세 겐을 비롯한 여러 작가들의 그림이 실려 있습니다. 이 그림들을 감상하는 것도 이 책을 읽는 즐거움 중의 하나였습니다. 사노 요코의 솔직하고 위트 있는 글을 애독자의 마음으로 우리말로 옮겼습니다. 다른 애독자들과 함께 즐거움을 나누고 싶습니다.

엄혜숙

사노 요코 佐野洋子

일본의 그림책 작가이자 수필가. 1938년 중국의 베이징에서 7남매 중 장녀로 태어나 유년 시절을 그곳에서 보냈다. 어린 시절 어머니와의 불화, 병으로 일찍 죽은 오빠에 관한 추억은 작가의 삶과 창작에 평생에 걸쳐 큰 영향을 끼쳤다.

일본 무사시노 미술대학 디자인과를 졸업하고 백화점의 홍보부에서 디자이너로 일했다. 1967년 유럽으로 건너가 독일 베를린 조형대학에서 석판화를 공부했다. 1971년 『염소의 이사』를 펴내며 그림책 작가로 데뷔했다. 일본 그림책의 걸작으로 손꼽히는 『100만 번 산 고양이』를 비롯해 『아저씨 우산』, 『아빠가 좋아』, 『하지만 하지만 할머니』 등 수많은 그림책과 창작집, 에세이집을 발표했다. 그림책으로 산케이 아동출판문화상, 고단샤 출판문화상, 일본 그림책상 번역상, 쇼가쿠칸 아동출판문화상 등을 수상했고, 어렸을 적 병으로 죽은 오빠를 다룬 단편집 『내가 여동생이었을 때』로 제1회 니이미 난키치 아동문학상, 만년에 발표한 에세이집 『어쩌면 좋아』로 고바야시 히데오상을 수상했다. 2003년에는 일본 정부가 학문 및 예술 분야에 공을 세운 이에게 수여하는 시주호쇼(紫綬褒章)를 받았으며, 2008년 오랫동안 그림책 작가로 활동한 공로로 이와야사자나미 문예상을 받았다. 2004년 유방암에 걸렸으나 삶이 얼마 남지 않았음을 자각하고도 『사는 게 뭐라고』, 『죽는 게 뭐라고』, 『나의 엄마 시즈코상』, 『열심히 하지 않습니다』 등 말년까지 에세이집을 왕성하게 발표했다. 2010년 11월 5일 도쿄의 한 병원에서 72세의 나이로 세상을 떠났다.

http://www.office-jirocho.com

옮김 엄혜숙

서울에서 태어나 연세대학교에서 독일 문학과 한국 문학을, 인하대학교와 일본 바이카여자대학에서 아동 문학과 그림책을 공부했다. 『나의 초록 스웨터』, 『야호 우리가 해냈어!』, 『혼자 집을 보았어요』, 『세탁소 아저씨의 꿈』, 『권정생의 문학과 사상』 등을 썼고, 『비에도 지지 않고』, 『하지만 하지만 할머니』, 『이야기 이야기』, 『그리는 대로』, 『없는 발견』 등 많은 책을 우리말로 옮겼다.